GISELDA LAPORTA NICOLELIS

histórias
verdadeiras

ilustrações
Nelson Provazi

DIÁLOGO

editora scipione

Gerente editorial
Sâmia Rios

Editor
Adilson Miguel

Editora assistente
Gislene de Oliveira

Revisoras
Lilian Ribeiro de Oliveira
Paula Teixeira
Maiana Ostronoff (estagiária)

Editora de arte
Marisa Iniesta Martin

Diagramadora
Carla Almeida Freire

Programação visual de capa e miolo
Rex Design

editora scipione

Av. Otaviano Alves de Lima, 4400
Freguesia do Ó
CEP 02909-900 – São Paulo – SP

ATENDIMENTO AO CLIENTE
Tel.: 4003-3061

www.scipione.com.br
e-mail: atendimento@scipione.com.br

2020
ISBN 978-85-262-7972-8 – AL
ISBN 978-85-262-7973-5 – PR
Cód. do livro CL: 737231

3.ª EDIÇÃO
10.ª impressão

Impressão e acabamento
Forma Certa

Ao comprar um livro, você remunera e reconhece o trabalho do autor e de muitos outros profissionais envolvidos na produção e comercialização das obras: editores, revisores, diagramadores, ilustradores, gráficos, divulgadores, distribuidores, livreiros, entre outros.

Ajude-nos a combater a cópia ilegal! Ela gera desemprego, prejudica a difusão da cultura e encarece os livros que você compra.

Dados Internacionais de Catalogação na Publicação (CIP)
(Câmara Brasileira do Livro, SP, Brasil)

Nicolelis, Giselda Laporta

    Histórias verdadeiras / Giselda Laporta Nicolelis; ilustrações de Nelson Provazi. – 3. ed. – São Paulo: Scipione, 2010. (Série Diálogo)

    1. Literatura infantojuvenil I. Provazi, Nelson. II. Título. III. Série.

10-08890   CDD-028.5

Índices para catálogo sistemático:
1. Literatura infantojuvenil   028.5
2. Literatura juvenil   028.5

É preciso viver entre os homens.
(Carlos Drummond de Andrade)

Para o Ângelo, com quem divido minha humanidade.

SUMÁRIO

1 A verdadeira história 6
2 Uma questão de amor 13
3 O encontro 19
4 Cicatriz na mente 25
5 Não dê comida aos animais 32
6 Tempos futuros 40
7 Os inocentes não têm perdão 48
8 Em nome da tradição 55
9 Quem é "D."? 61
10 Meu lugar é no rio 67
11 Não estamos sós 73

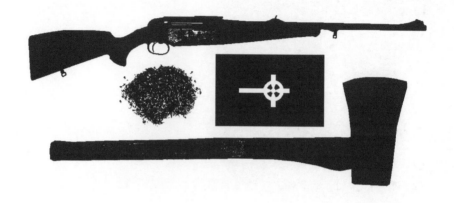

1
A verdadeira história

Quando o bote chegou à praia, os marujos saltaram e ajudaram o prisioneiro a descer. Tiraram as cordas de seus pulsos e depois colocaram sobre a areia as quatro únicas coisas que ele teria a partir daquele instante: a espingarda carregada, o machado, a bíblia e um pouco de fumo.

Ato contínuo, pularam novamente para dentro do bote e o puseram em movimento.

– Adeus, Alexander! – gritaram. – Deus se apiede de ti!

– Voltem, por favor, voltem!

Ainda tentou voltar ao bote, mas foi enxotado com um remo. Então se deixou estar, desanimado, na areia muito branca, enquanto os companheiros diminuíam de tamanho à medida que se aproximavam do navio pronto para zarpar.

Alexander olhou à sua volta a praia que se perdia de vista. Estava numa ilha sem nome, que os marinheiros chamavam de "Sândalo" por causa da madeira que produzia em quantidade. Havia nativos por ali, todos sabiam, mas não pareciam ser hostis. E contra um homem só, praticamente indefeso, como se portariam? A munição não duraria para sempre...

Foi então que o silêncio se fez, repentino, estranho. Alexander retesou o corpo, atento... O vento tinha parado. Sem aviso ou explicação, a chuva caiu torrencial, com violência feroz, o céu parecendo desabar de uma só vez sobre a terra.

Blasfemando de raiva, Alexander catou seus únicos e preciosos pertences e tentou correr no meio da tempestade. Mas a areia da praia afundava sob seus pés, formando buracos lamacentos.

A custo, internou-se na floresta, que começava logo em seguida à praia, à procura de um refúgio. A espingarda e o machado trazia-os bem junto ao corpo, o fumo e a bíblia escondera dentro da roupa encharcada.

Não havia onde se esconder. Então, deixou-se estar debaixo de uma imensa árvore, com um buraco na raiz, onde colocou as únicas coisas que possuiria dali por diante. Assim que parasse a chuvarada, iria construir um abrigo.

Mas a chuva continuava a cair... Ele estava molhado até os ossos, enregelado e furioso. Tudo à sua volta estava terrivelmente ensopado. Parecia que aquilo nunca teria fim.

De repente, toda a sua vida lhe veio à lembrança. Recordou-se da mãe, uma mulher pobre mas decidida que criara, Deus sabe como, nove filhos, dos quais ele era o caçula.

Sempre rebelde, ansiando por aventuras, desde muito jovem engajara-se nos mais diversos navios e com eles correra todo o mundo. Até que foi servir ao capitão inglês, de quem todos tinham medo, por ser implacável. Aí começaram seus problemas, culminando quando ele se recusara a carregar o navio de sândalo, a madeira cheirosa e rara que alcançava altos preços no resto do mundo e que só era encontrada em florestas perdidas na imensidão dos oceanos, em ilhas como esta. Afinal, ele era um marinheiro, não um lenhador!

Do outro lado da ilha, diziam, viviam os nativos. Algumas centenas deles, que se ocultavam nas sombras cada vez que os marujos desciam a terra, na rapinagem de madeira. Melhor assim, se esconderia também o mais possível deles.

E como veio, a chuva de repente parou, deixando as samambaias gigantes pingando água, num espetáculo bonito de se ver. Bandos de beija-flores de bicos vermelhos, que os marujos chamavam de coroas-de-fogo, voaram à procura de néctar. Ele pensou que, tal como os nativos da ilha, ele também poderia sobreviver. Encontraria peixes no mar e frutos silvestres na floresta. Teria de construir um abrigo e, antes de mais nada, encontrar água potável.

Água foi fácil, pelo menos depois de tanta chuva. Curvou a folha mais baixa de uma enorme samambaia e logo saciou a sede com água límpida e transparente. Mas começava a sentir fome e urgia encontrar comida...

Como num passe de mágica, o sol voltou a brilhar, selvagem e forte. Alexander tirou a roupa ensopada e pendurou-a num galho de árvore para secar. Enquanto isso, procuraria alguma coisa para comer.

Depois de algum tempo de caminhada pela floresta, encontrou morangos silvestres. Ainda não estavam maduros, mas a fome não podia esperar. Pegou um punhado de morangos e sentou-se nas raízes de uma velha árvore. Mas seu estômago ainda não estava satisfeito: pedia por algo mais sólido e quente, carne, por exemplo.

Voltou ao local onde deixara a roupa secando ao sol e vestiu-a. Ela acabaria de secar sobre o corpo. Uma lassidão invadiu-o e, como tinha todo o tempo do mundo, pegou no sono ali mesmo.

Não teve ideia do quanto dormiu. Acordou com um leve ruído nas folhagens, como se algo o estivesse observando... Assustado, agarrou rápido a espingarda que ficara ao seu lado e permaneceu imóvel. No meio da ramagem, uma cabra selvagem o contemplava, arisca e ansiosa ao mesmo tempo. Antes que o animal se decidisse a fugir, firmou o corpo, fez mira e disparou. A cabra tombou à sua frente, o tiro certeiro no pescoço...

Depois de muito esforço, conseguiu fazer fogo. A fogueira pôs um alegre clarão na tarde cálida, onde o sol continuava brilhando. Por sorte fora amigo do Nanico, o cozinheiro do navio, e ele lhe ensinara algumas coisas. Como conservar alimentos era uma delas. Assou a carne e comeu vorazmente; o restante guardou no buraco da árvore onde escondera seus pertences.

Agora era preciso achar um lugar para passar a noite. Devagar, a tarde ia se findando. Não havia tempo de construir um abrigo... Isso levaria vários dias, com certeza.

Para evitar o ataque de algum animal noturno, subiu com dificuldade numa grande árvore – tendo o cuidado de levar suas coisas consigo – e ali ficou, encolhido e trêmulo, durante toda a noite, ouvindo os sons da floresta, apavorantes no meio da escuridão.

Um dia, muito tempo depois... outro navio inglês, também à cata de sândalo, aportou no ancoradouro natural em frente à ilha. Os marinheiros desceram dos botes, na praia de areia branca e macia, e deram com um homem, barbas e cabelos imensos, um brilho nos olhos escuros, esperando por eles.

– Quem é você? – perguntou, surpreso, um dos marujos para a estranha figura vestida com uma espécie de túnica de couro de cabra e com um alforje, também de pele, pendente do ombro.

– Oh, Deus! – balbuciou o homem. – Até que enfim!...

– Quem é você? – repetiu outro marujo, curioso, não vendo vestígios de outros botes por ali senão os deles.

– Meu nome é Alexander Selkirk, sou marinheiro escocês e fui deixado nesta ilha em maio de 1704 pelo meu capitão, como punição por indisciplina – disse ele de uma só vez.

– Maio de 1704?! – O primeiro marujo que o interpelara pareceu assombrado. – Mas isso foi há mais de quatro anos! Você ficou sozinho todo esse tempo?

Alexander suspirou profundamente ao responder:

– Sim, absolutamente sozinho. Há nativos do outro lado da ilha, mas fugi deles. Aqui chove muito, sabe, então construí um abrigo, no alto de uma árvore, e fiquei a salvo dos predadores...

– E comeu o quê? Como um homem só pode sobreviver numa ilha? – perguntou um outro, abismado.

– A princípio, enquanto durou a munição, eu cacei cabras selvagens – continuou Alexander. – Depois tive de matá-las com o machado ou lanças feitas de galhos de árvores. E há também muitos morangos silvestres, peixes e lagostas por aqui.

– Você quer voltar? Nosso navio é inglês. Podemos levá--lo de volta para a Inglaterra, se você quiser. Ficaremos ainda alguns dias para recolher sândalo, mas...

– Claro que quero voltar! – gritou Alexander. – Tenho esperado por isso todos os dias... Eu não fiz outra coisa a não ser esperar por este momento... Por favor!... Me levem!

– Vá buscar suas coisas – disse o marujo. – Nós o mandaremos para o navio. O capitão decidirá. Não creio que ele vá negar isso. É uma grande história para se contar em volta de um copo... Falando a verdade, é história para um verdadeiro escritor... Você pode até ficar famoso!

Alexander correu até a floresta, rindo como um louco. Alguns minutos depois estava de volta, trazendo junto de si a espingarda, o machado e a bíblia. Ofegante, parou diante dos marujos e, com um sorriso que ainda teimava em ser humano, perguntou:

– Vocês teriam um pouco de tabaco, por favor?

Ilha de Crusoé pode tornar-se centro turístico

A ilha que inspirou o escritor e agitador político britânico Daniel Defoe a escrever seu célebre romance *Robinson Crusoé*, em 1719, poderá deixar de ser um dos últimos redutos da vida selvagem no mundo. Os ecologistas estão preocupados com o projeto anunciado pelo presidente do Chile, general Augusto Pinochet, de transformar a ilha Robinson Crusoé, 96 km² a 670 km da costa chilena, num centro turístico no estilo das ilhas Nassau, no Caribe, com bancos, aeroporto, hotéis e uma zona franca. Se isso acontecer, advertem, será o fim do delicado ecossistema que abriga espécies raras de animais e plantas.

Em 1977, a Organização das Nações Unidas declarou a ilha reserva mundial, para proteger suas 146 espécies de plantas, das quais 71 são exclusivas. Uma delas é a gigantesca samambaia arborescente de 7,5 m de altura que cresce na vegetação subtropical dos picos denteados que predominam na ilha. Mas há também animais raros, inclusive o "coroa-de-fogo", um beija-flor de bico vermelho que está em extinção – restam apenas 300 espécimes, advertem os ornitólogos – por causa do desaparecimento das plantas das quais retira o néctar, que é seu alimento. A ilha é visitada por cerca de 800 pessoas ao ano.

A história de Robinson Crusoé foi inspirada no marinheiro escocês Alexander Selkirk, que em 1704 foi deixado na praia da ilha, como castigo por indisciplina, com um machado, uma espingarda, uma bíblia e um pouco de fumo. Depois de passar quatro anos e quatro meses sobrevivendo com morangos silvestres e carne de cabra selvagem, foi resgatado e contou sua história a Daniel Defoe.

Sexta-feira, o fiel escudeiro de Crusoé, nunca existiu na realidade e foi criado por Defoe para atender às exigências dos cânones do Romantismo. Os 600 nativos mapuches têm uma vida mais prosaica, com a pesca da lagosta como única fonte de renda. A ilha, tal como é descrita no romance, tinha focas – a maioria morta por caçadores norte-americanos no século XIX – e madeiras raras como o sândalo – extintas no começo do século passado, devido à exploração comercial.

Folha de S.Paulo, 3 de abril de 1988.

2
Uma questão de amor

O homem abriu a porta e espiou para dentro do quarto. O cão e o menino dormiam, lado a lado, no chão. A criança tinha a cabeça entre os braços, imitando o animal. O homem jogou alguns bocados de comida. Depois tornou a fechar a porta.

Chamou pela mulher, que penteava os cabelos no outro quarto. Ela veio para a sala, pegou o casaco pendurado no cabide, e saíram em direção ao bar onde passavam a maior parte do tempo, emendando dias e noites.

Lá no quarto, o menino acordou. Espreguiçou-se, esticando pernas e braços. O cão ao seu lado também despertou e o lambeu como faria a uma cria. Depois começou a comer os bocados que o homem jogara no chão, tendo o cuidado de deixar a parte do menino, que tranquilamente também comia ao seu lado, como se não fosse humano e sim um outro cão.

Então brincaram, rolando um sobre o outro, fingindo dentadas e rosnando. De repente, o garoto uivou, um uivo longo e sentido. O cão pareceu se condoer: de novo, com a língua áspera, lambeu a pele do garoto, como se o afagasse. Até que ele se acalmou e deitou-se ao seu lado. Tornaram a dormir, enrodilhados um no outro, o pelo do animal agasalhando a criança.

A cena se repetiu por dias, meses, anos... Antes de sair para o bar – onde emendavam dias e noites –, os pais alcoólatras abriam a porta do quarto, onde viviam o cão e o menino, e atiravam alguns bocados de comida. O resto o cão fazia: como a um filhote muito querido, ele adotara a criança. Dividia com ela os bocados, lavava-a com a língua, dormia ao seu lado...

O garoto copiava em tudo o animal: só andava e comia de quatro, dormia com a cabeça entre as mãos, uivava e gemia quando sentia fome, frio ou dor... Então o cão se aproximava, carinhoso, procurando acalmá-lo.

Um dia, um vizinho perguntou à mãe sobre o paradeiro da criança. Ela respondeu, seca:

– Está em casa. Ele quase não sai.

– Por quê? – insistiu o vizinho, estranhando; nunca se via aquela criança, nem na janela, nem no quintal da casa, nada.

– Ah, ele é retardado! – disse a mãe. – Não fala, fica imóvel o tempo todo. Não tenho paciência com ele...

Começaram os murmúrios na vizinhança... Onde estaria realmente o menino? Alguns comentavam que, se o garoto fosse deficiente, precisaria de um tratamento especializado. Ninguém desconhecia a vida dos pais, constantemente embriagados, vivendo nos bares da cidade. Como estaria o menino? Quem afinal cuidava dele? Estaria vivo depois de todos esses anos, ou teria perecido, sem trato ou socorro? Alguma providência tinha de ser tomada, urgentemente!

Quando a porta foi arrombada, de supetão, e os policiais entraram no quarto, a cena ainda era a mesma: de quatro, ao lado do pastor-alemão, o menino comia os bocados espalhados pelo chão...

Não foi fácil separá-los. O menino se debatia, resistia, uivava, um doloroso uivo que parecia um gemido... Alguns policiais, a custo, puseram uma coleira no cão que investia contra eles como se estivessem roubando sua cria... Nos olhos do animal faiscava uma cólera surda que espantou a todos!

Em outro país, um grupo de jornalistas cerca o ator famoso:

– É verdade que pretende adotar o menino-cão descoberto em Düsseldorf, na Alemanha?

– Não, não é verdade; adoção é uma coisa complicada. Não sei de onde partiu essa notícia.

– O diagnóstico dos médicos sobre o menino-cão é de que ele é autista. Disseram ainda que sua sobrevivência, nesses quatro anos, deveu-se exclusivamente ao pastor-alemão. O senhor acha justo que tivessem sido separados?

– Não, me pareceu um grande erro. Afinal, o cão foi responsável pela sobrevivência da criança. Pretendo comprar o cão pelo preço estipulado pelos donos – 1800 dólares –, para então presentear o garoto, se ele desejar sua companhia...

– Os pais do menino naturalmente perderam a guarda do filho. O que lhe parece um casal que por anos deixa uma criança entregue aos cuidados de um cão?

– É uma coisa terrível, uma trágica dimensão do ser humano, mas ao mesmo tempo é de uma beleza indescritível esse instinto do cão, cuidando da criança como se fosse sua cria...

– Os médicos internaram o menino-cão numa clínica especializada, para que ele possa recuperar seu lado humano. O senhor supõe que isso seja possível?

– Não sou especialista, nem psiquiatra, nem psicólogo. Há o problema da separação do cão, uma ruptura muito significativa. Acho que tanto ele pode readquirir seu lado humano, como pode perder qualquer tipo de comunicação. Isso seria lamentável...

– O senhor já processou, no passado, seu próprio filho pelo uso de seu nome de família. Não seria sem propósito querer adotar alguém e dar-lhe esse nome?

– Repito, não sei de onde partiu esse boato. Não pretendo adotar ninguém. Apenas quero comprar o cachorro.

– Dizem que o senhor teria entrado com um pedido formal de adoção na Justiça...

– Vocês estão mal informados. Desculpem, tenho uma gravação e já estou atrasado...

O artista põe fim à entrevista e retira-se rapidamente.

Lá na casa dos donos – que continuam sua peregrinação pelos bares –, o cão está só no aposento que compartilhava com o menino. Triste, quase não come os bocados que jogam para ele. Fareja os cantos do quarto, aquele cheiro familiar que ainda impregna tudo... Para onde levaram a cria de que ele amorosamente cuidara, com a qual dividia a comida, que ele lambia e afagava e que dormia enrodilhada nele? O cão uiva, solitário e infeliz, sem conseguir entender, purgando a solidão e o abandono...

No hospital, onde está internado, o menino-cão se isola, cada vez mais. Não quer comer a comida que lhe oferecem, não aceita nada... Seu vínculo com a vida foi cortado de forma abrupta: olha ao redor, angustiado, procura o cão que não está mais ao seu lado. O companheiro de toda a sua vida, aquele que dividia com ele a comida, que o limpava com a língua, que o aquecia durante o sono... Ele está órfão, foi abandonado... com um cordão umbilical cortado antes do tempo, sozinho e deserdado do único carinho que conhecera.

Pelos corredores do hospital, ecoam os uivos lancinantes do menino... que o cão – do outro lado da cidade – parece escutar, prisioneiro entre quatro paredes...

Alain Delon quer adotar menino-cão

O ator francês Alain Delon entrou na Justiça com um pedido de adoção de um garoto de quatro anos. Um garoto de quatro anos nada comum. A imprensa está chamando de "menino-cão" o garoto descoberto há poucos dias não numa selva da Polinésia, mas em Düsseldorf – uma das cidades mais ricas da rica Alemanha Ocidental. Não se trata de um órfão, mas de um filho de pais alcoólatras que emendavam dias e noites num bar. Para facilitar, eles fechavam o filho num quarto, em companhia de um cão pastor-alemão. O animal adotou a criança: dividiu com ela os bocados que seus donos lhe lançavam, lavou-a com sua língua, dormiu ao seu lado. Sem o cão, o garoto provavelmente não teria sobrevivido.

Os policiais encontraram o menino em estado deplorável. Não falava. Apenas uivava e gemia. Andava de quatro e, à noite, dormia com a cabeça entre os braços, como um cão. A guarda da criança foi retirada dos pais. Agora, ela está num hospital especializado, tentando aprender seu lado humano. O surpreendente é que a polícia alemã decidiu que o cão, responsável até o momento pela vida da criança, deveria permanecer com os donos. O cão e o menino foram brutalmente separados.

O Estado de S. Paulo, 22 de março de 1988.

3
O encontro

O frio continuava intenso. Maya Brikowa chamou os guias e mandou que empilhassem toda a lenha bem junto à cabana. Assim era mais fácil levá-la para dentro. No escuro, contemplou o horizonte gelado e deserto daquela região da Sibéria Ocidental, fustigada pelo vento forte. A noite, longa e solitária, continuaria por mais umas semanas.

O fogo crepitava alegremente no grande fogão. Maya pegou a chaleira com água fervente para fazer o chá. Amolecida pelo calor que vinha do fogo e pela bebida quente, entrou numa espécie de torpor muito agradável, deixando a mente fluir, livre, em direção ao passado...

Havia vinte e cinco anos que peregrinava por regiões afastadas, quase desertas, à procura daquele ser lendário que chamavam de Yeti, ou homem das neves. Todos se riam da sua obstinação, e os mais descrentes lançavam-lhe em rosto:

– Isso é imaginação de ignorantes, o Yeti jamais existiu!

Porém, eram justamente as pessoas simples e pacatas, que viviam nessas regiões inóspitas, que lhe interessavam. Delas ouvira histórias assombrosas. Não só acreditavam no lendário homem das neves, como já o tinham visto alguma vez na vida. Mas não eram unânimes na sua descrição. Conforme o narrador, ele assumia uma aparência. Apenas num ponto todos concordavam: a criatura sumia tão rápido quanto aparecia.

O chá quente queimara a língua de Maya. Ela suspirou: o Yeti! Onde andaria, afinal? Não eram dias ou meses, mas vinte e cinco anos procurando por ele. Encontraria algum sinal no futuro, ou passaria o resto da vida nessa busca obstinada?

O vento uivava mais forte agora. O fogo punha sombras lúgubres nas paredes. Maya pegou algumas anotações e tentou trabalhar. A luz não era suficiente e o torpor dentro dela continuava. Mas resistia ao sono, embora ele fosse sempre um alívio. Enquanto dormia não pensava na solidão dos últimos anos, em que praticamente fora a única a acreditar que encontraria respostas para suas perguntas. Apesar de o projeto ser financiado – e não haveria outra forma de realizar a pesquisa –, havia uma descrença generalizada. Um ou outro colega mais irônico perguntava-lhe de passagem:

– Como é, já viu o Yeti?

Ela não respondia. Apenas não desistia, o que já era muito. Sabia que era uma questão de tempo, pois, se em algum momento ele fora visto, isso poderia se repetir. Uma questão de sorte também: no instante em que aparecesse, ela deveria estar nas redondezas. Acostumara-se, portanto, a ficar longas temporadas em cabanas como aquela, com guias que conheciam perfeitamente a região. De alguma forma se habituara também à solidão.

Um dos guias levantou-se e pegou também um pouco de chá. Era um homem atarracado e de olhos azuis muito vivos. Ele jurava que, quando criança, brincando na neve, vira o Yeti. Fora só o tempo de encarar a estranha criatura e sair correndo, apavorado. E ainda apanhara do pai, que o chamara de mentiroso.

O guia voltou ao seu lugar e enrolou-se na coberta. Logo mais dormia profundamente. O calor de cada corpo se espraiava para o outro, formando uma cadeia de aquecimento. Ao todo eram quatro pessoas: três guias e Maya, chamada respeitosamente de Sra. Brikowa e que também, finalmente, se rendera ao sono.

As horas arrastavam-se. De repente, algo rompeu o silêncio lá fora: o ruído da pilha de lenha sendo derrubada... Maya e os três guias despertaram quase ao mesmo tempo e, por segundos, ficaram paralisados, imaginando o que poderia ser. À meia-luz – provocada pelo fogão –, Maya fez sinal para que ficassem em silêncio. Os homens logo alcançaram as armas que mantinham sempre perto de si e esperaram novas ordens.

Ligeira e sem fazer barulho, Maya arrastou-se pelo chão da cabana, em direção à porta. Tinha o rosto contraído de expectativa e ansiedade. O que haveria lá fora? Talvez apenas um animal solitário, desgarrado da matilha, à procura de alimento e calor. Ou poderia ser outra coisa...

Nos poucos segundos que levou para alcançar a porta, os pensamentos colidiram em seu cérebro, numa velocidade fantástica. Sentia medo, mas ao mesmo tempo uma força a invadia, como uma compulsão. Sabia que, de um jeito ou de outro, abriria aquela porta. Poderia ter mandado um dos guias, mas uma voz interior lhe dizia que tinha de ser ela. Não se perdoaria nunca mais se não fosse ela mesma a abrir aquela porta... A respiração dos guias compunha uma sonoridade compacta e Maya sentia a própria respiração cadenciada, embora rápida de tanta emoção. Finalmente alcançou a porta. Ficando em pé, abriu-a de supetão.

Cara a cara, ali estava ele! Um ser de feições humanas, de dois metros de altura, coberto de longos pelos e olhos muito vermelhos! O coração de Maya disparou dentro do peito, enquanto a mente absorvia a realidade presente: o legendário homem das neves bem na sua frente!

Foram apenas alguns segundos: o Yeti parado, analisando a figura de Maya. De repente algo o assustou e desapareceu rapidamente, como que por encanto...

– Sra. Brikowa, Sra. Brikowa! – chamaram os guias. – O que aconteceu?

– O Yeti, o Yeti... – murmurou Maya, mal refeita do espanto.

– Onde, onde?

Os guias saíram da cabana e espiaram medrosos as redondezas.

– Não há nada, senhora! Mas quem derrubou a lenha, afinal? – disse um deles.

– Ora, um lobo perdido, talvez – disse outro. – Não seria a primeira vez, não é?

– Vamos entrar – disse por sua vez o terceiro guia. – Está frio demais aqui fora. Mais um pouco e congelamos todos.

Já dentro da cabana, quiseram saber:

– Afinal, o que a senhora viu realmente?

– Eu vi o Yeti! Foi ele quem derrubou as achas. Encarou-me por alguns segundos e depois sumiu... Tenho certeza de que era ele!

– É sempre assim! – disse o guia mais velho. – Ele aparece por alguns momentos e depois some. É como se quisesse provar que existe, mas apenas de passagem...

Lá fora, o vento já desfazia as pegadas na neve... Tremendo de frio, Maya enrolou-se nas cobertas, enquanto os guias faziam o mesmo.

Afinal, não tinham sido inúteis aqueles vinte e cinco anos!... Ainda que por um momento fugaz, ela estivera, cara a cara, com o legendário homem das neves, o Yeti! Quem acreditaria nela? Seria apenas a sua palavra, pois os guias não tinham visto nada. Não tinha prova nenhuma a seu favor. Porém, os que duvidassem dela – sorriu ao considerar a hipótese – também não teriam nenhuma prova!

Cientista russa
diz que viu um yeti

Moscou – A cientista soviética Maya Brikowa disse ontem que viu de perto um yeti, o legendário "homem das neves". Segundo Maya, o encontro ocorreu no final do ano passado, em uma região da Sibéria Ocidental. Ela e os guias estavam acampados quando, à noite, foram despertados por um ruído de achas de lenha sendo derrubadas. Ao abrir a porta da barraca, Maya viu-se cara a cara "com um ser de feições humanas, de dois metros de altura, coberto de longos pelos e olhos muito vermelhos". O yeti ficou parado por vários segundos, até se assustar com alguma coisa e desaparecer. Há 25 anos Maya pesquisa o "homem das neves".

O Estado de S. Paulo, 17 de março de 1988.

4
Cicatriz na mente

— Aceita um cafezinho? – oferece a aeromoça.
– Ah! Sim, obrigado. Quanto tempo falta para chegarmos?
– Pouco mais de uma hora, senhor. São Paulo é uma bela cidade, vai gostar.

Ele recosta a cabeça na poltrona e volta ao passado... Não é o velho em viagem, é o menino de quatro anos, no cômodo humilde, nos arredores de uma fazenda, nos Estados Unidos... Seus pais estão longe, cuidando das ovelhas... Deixaram-no cuidando, por sua vez, de um irmãozinho com apenas um ano de idade.

De repente, o bebê começa a gemer, um gemido surdo, desesperado. Ele aproxima-se do berço, em estado de alerta, e horrorizado vê três ratazanas enormes sobre o rosto do irmão, devorando-o. Todo o seu pequeno corpo se retesa de ódio e repulsa. Chuta, dá socos, grita, na esperança de salvar a criança. Mas não é suficiente. É pequeno e fraco demais para as ratazanas, que já fizeram um grande estrago. Dois dias depois o bebê morre.

Agora já cresceu, é ele quem cuida das ovelhas... A sensação mais forte é a de fome. Uma fome que dói e maltrata... Anoitece quando volta exausto com os pais para o pequeno cômodo sem água, que divide também com mais dois irmãos menores.

O ronco do motor agora o transporta para outro lugar: a Ilha de Okinawa, no Japão. Ele é o sargento que nunca leva desaforo para casa, que responde com palavrões aos palavrões dos superiores. Tem, no entanto, uma grande virtude: coragem! Pela sua rebeldia e personalidade marcante, é sempre escalado para as missões mais difíceis.

Até estranha quando o mandam numa missão tão fácil: lançar folhetos à população civil. A marinha americana vai atacar Okinawa e a população ainda pode ser salva, pela rendição incondicional... Fica horas naquele trabalho. Recorda a voz do pai num comentário aparentemente sem sentido, na ocasião: "Algum dia você terá de ajudar seus inimigos...". Seria isso?

De volta ao quartel-general, uma nova missão que, murmuram, ninguém quer cumprir. Sobra para ele, o rebelde porém corajoso. Numa gruta, no interior de uma montanha, escondem-se cinquenta civis, e soldados japoneses bem armados tentam impedir sua rendição. A entrada da gruta só é visível quando a maré baixa. É aí que deve penetrar, no comando de um pelotão de doze homens, para enfrentar mais uma vez o inimigo...

O avião passa por uma turbulência atmosférica. Sorri. Definitivamente ele não está ali; está na entrada da gruta, esperando que a maré baixe... O barulho do mar, cadenciado em seus ouvidos, une-se à respiração dos soldados. Há medo ali, um medo concreto, como algo gelado correndo pelas veias. O inimigo a poucos metros, esperando... pode ser uma cilada, e eles serão os coelhos pegos na armadilha, naquela madrugada escura...

Aos poucos, a maré baixa... e a entrada da gruta aparece. Ele dá uma ordem seca e ríspida para o pelotão:

– Desarmem-se!

Em seguida entra sozinho e desarmado na gruta. Os outros esperam; uma eletricidade os percorrendo, por não saberem o que irá acontecer.

Os corpos dos japoneses mortos empilham-se na gruta. Pulando sobre os cadáveres, ele vai entrando... Depois de andar alguns metros, ouve um leve rumor. À sua esquerda, escondido num buraco na parede, está um garoto de uns cinco anos; tem uma das pernas baleada.

Algo dentro dele então desmorona, e uma emoção brutal o domina. Tem apenas uma certeza, a infernal decisão, que não abandonará por coisa alguma: precisa salvar aquele garoto!

Não pudera salvar o irmão há tantos anos, indefeso menino que era, lutando contra as enormes ratazanas. Agora é diferente, ele é um homem, e pode tentar mudar o destino!

Num ato instintivo carrega o garoto, que geme, assustado. Um leve estalido à sua retaguarda o faz virar, ainda com a criança nos braços: dois soldados japoneses apontam suas armas para ele... tendo no rosto o espanto de vê-lo carregando o menino ferido.

Olha de frente para eles e diz a única palavra que sabe em japonês:

– *Arigatô.*

Os soldados baixam as armas e deixam-no sair da gruta, ileso, ao encontro dos seus companheiros, que o aguardam...

– Não acredito! – diz um dos soldados do pelotão. – Eles não atiraram em nós. Podia ter sido uma carnificina...

– Não, eles não atiraram... – ele repete.

– Alguma coisa mais, senhor? Estamos quase chegando. A aeromoça está de volta.

– Não, tudo certo. Tudo certo agora.

– Vai a passeio, senhor?

– Não, vou resgatar uma dívida – e sorri. – Uma dívida antiga.

– Sempre é tempo, senhor. – A moça se afasta.

– É isso aí, você acertou em cheio!

Recosta-se na poltrona, completando suas lembranças... Foi uma hora feliz aquela em que entregou o menino a seu pai. De certa forma, a infância estava resgatada.

Quarenta anos depois, assistindo TV em sua casa, nos Estados Unidos, ele se surpreende: um filme fala das torturas dos japoneses a soldados americanos, durante a Segunda Guerra Mundial. Ele discorda da produção e escreve à emissora, contando como fora poupado, e todo seu pelotão, por dois soldados japoneses. A produção do programa não toma conhecimento.

Decidido a esclarecer a verdade, escreve uma carta ao governo japonês, agradecendo a atitude daqueles dois soldados. A resposta é um convite de empresários de Tóquio para que vá ao Japão. Lá, entrevistado pela TV, conta tudo e fala da vontade de rever o garoto que salvara.

Uma tia de Yamashiro assiste à entrevista, por incrível coincidência. Emociona-se e comunica-se com ele: o garoto, seu sobrinho, agora um homem de meia-idade, vive no Brasil há trinta e cinco anos, desde que a família emigrou. O consulado japonês faz o restante; localiza Yamashiro em São Paulo, onde é comerciante.

Então não tem mais dúvidas: pega suas economias e resolve ir ao Brasil. Agora está quase chegando. Dali a instantes, quando o avião aterrissar no país desconhecido, que dizem ser tão lindo, encontrará, em vez do garoto de cinco anos, ferido à bala, um homem-feito, com família, no novo país que o acolheu como filho.

Nem precisarão falar... Ambos sabem quem são, Yamashiro e Ponich. Na nitidez da longínqua praia, na gruta encravada na montanha, cuja entrada só aparece quando a maré baixa... Seus olhos falarão por eles... A memória daqueles soldados desarmados, o pelotão de suicidas que comandava... ele pulando sobre os corpos que jaziam... a criança ferida... os dois japoneses empunhando as armas... que se transformaram em flores quando disse a palavra mágica *arigatô*...

Não, não precisarão falar... as palavras serão absolutamente dispensáveis. Eles se abraçarão, comovidos, na ternura do reencontro, e ele, Ponich, pedirá para ver a cicatriz, apontando a perna do outro – a confirmação de que aquele é mesmo o garoto que salvou na madrugada escura de Okinawa...

Já pode antegozar a cena. Será um momento muito significativo. Aquela cicatriz não está apenas em Yamashiro: ela arde, há quarenta e um anos, gravada a ferro e a fogo em sua mente!

Reencontro de amigos

Foi ontem, em São Paulo, 41 anos depois
de Ponich salvar a vida de Yamashiro

O sargento Eli Ponich desafiou as ordens do Exército americano, durante a II Guerra Mundial: entrou desarmado num dos esconderijos dos japoneses de Okinawa. Mais de 40 mortos estavam amontoados na entrada da gruta. Mas, alguns metros adiante, em um buraco, um garoto esperava por ajuda. Shinsho Yamashiro, cinco anos, tinha uma das pernas perfurada por uma bala. Ponich carregou-o no colo, sob a mira de dois soldados japoneses. Ao notar a presença deles o sargento usou sua única arma: "Olhei em seus olhos e disse: *arigatô*. Consegui que seus rifles virassem flores. Eles deixaram que o menino fosse levado".

Filho de imigrantes iugoslavos, Eli Ponich passou a infância em Milwaukee, ajudando os pais a cuidar de ovelhas e dos três irmãos menores. "Um dia, estava só com meu irmãozinho de pouco mais de um ano em casa. Quando ouvi seus gemidos, vi três ratos enormes mordendo sua face. Eu tinha apenas quatro anos, mas minha mente já era a de um homem de 25. Corri, chutei os ratos, mas não consegui salvar meu irmão."

Chorando, Ponich relembrou ontem cenas às quais ele atribui a "força conquistada para vários feitos na vida". A perda do irmão e o conselho do pai ("algum dia, você terá de ajudar seu próprio inimigo") são vistos por ele como responsáveis pela coragem que teve durante toda a sua carreira no Exército americano.

"Naquele dia de 1945, cumpria o dever de despejar sobre Okinawa folhetos que pediam a rendição da população japonesa. A Marinha americana estava chegando à ilha para bombardeá-la. Depois de horas de trabalho distribuindo o aviso, cheguei ao Quartel Geral de Okinawa e havia uma nova ordem: descobrir o esconderijo, em uma determinada montanha da cidade, onde havia mais de 50 japoneses. Era uma gruta, no interior de uma montanha, somente acessível durante a madrugada, quando a maré baixava. Sabia-se que soldados japoneses estavam no local, evitando que os civis se rendessem."

"(...) Quando vi o garoto, a única vontade minha era salvá-lo. Consegui entregá-lo ao seu pai, que conseguiu rápido atendimento médico e depois fugir para o Brasil em busca de paz."

No ano passado, a televisão americana exibiu um filme sobre as formas de tortura japonesas durante a II Guerra. Ponich assistiu, mas discordou da produção: "Ninguém se dispunha a contar como fui salvo por dois japoneses". Ele escreveu uma carta ao povo japonês agradecendo a atitude dos seus soldados. Isso fez com que fosse convidado por empresários de Tóquio para uma recepção. Contou sua história e a de Yamashiro e todo o desejo de reencontrá-lo.

Através do consulado japonês descobriu a residência de Yamashiro. Viu assim o destino certo para suas economias e as da mulher Elinore: São Paulo. No aeroporto de Cumbica, depois de um demorado abraço, Ponich quis ver a cicatriz de Shinsho Yamashiro. "Foi só pra confirmar, pois durante 41 anos ela esteve sempre presente em minha mente."

O Estado de S. Paulo, 8 de março de 1987.

5
Não dê comida aos animais

Adílson chegou ao zoológico, feliz da vida. Era uma linda tarde de sol e ele economizara a semana toda para ver os animais. Deixara até de andar de ônibus e fora a pé para a escola! Agora, com certeza, ia se divertir pra valer.

O zoo estava cheio de gente. Famílias inteiras sentadas nos bancos ou passeando pelas alamedas, num clima de muita festa.

Com o restante do dinheiro, Adílson comprou um saco de pipocas. O calor era intenso. Somente quando já estava lá dentro se lembrou: nem tinha avisado a mãe. Paciência. Vestira o *short*, as alpargatas e... correra para o ponto de ônibus. Depois, ela vivia muito ocupada, sábado era dia de encomenda de doces e salgados que fazia pra fora, pra ganhar um dinheiro extra.

Perambulou primeiro pelos viveiros das aves. Era cada uma mais bonita que a outra! Ficou louco pela cacatua, com toda aquela pose de princesa imperial. Depois foi olhar os elefantes, tranquilos, que se refrescavam jogando água sobre as costas com suas incríveis trombas-mangueiras.

Tinha ainda tanto pra ver... uma tarde só era muito pouco! Prometeu voltar vários dias pra conhecer de perto animais tão raros e bonitos.

Animado, jogou o resto das pipocas dentro da jaula do leão, que olhou com indiferença para as pipocas e com arrogância para o menino.

Foi então que viu, lá embaixo, no fundo de um fosso, uns animais engraçados que pareciam lontras, com caudas grandes e achatadas. Eram seis, semienrolados uns nos outros, no seu habitat predileto: água!

Curioso, leu a tabuleta: "ARIRANHAS – carnívoros da família dos mustelídeos (*Pteronura brasiliensis*). Habitam os grandes rios do Brasil. Nome vulgar: onça-d'água".

Na sua frente, uma grade alta separava os visitantes dos animais. Por que seria? Uns bichinhos tão inofensivos tomando sol... Por certo só comiam peixes. Será que também gostavam de pipoca? Pena que tivesse gasto todo o saquinho com o leão lá da jaula. Dariam uns belos animais de estimação!

E uma ideia se formava na sua cabeça... Por que não pular a grade (nem era tão alta assim pra um garoto como ele, acostumado a ser goleiro nas peladas do campinho) e ir lá embaixo, ver se elas eram mesmo tão pacatas quanto pareciam aqui de longe? Deviam ter umas pernas tão curtas e ser tão molengas que jamais alcançariam um moleque na corrida, mas nunca!...

Olhou à sua volta: ninguém por perto. É a tua chance, Adílson! Sem pensar duas vezes, saltou rapidamente a grade e começou a descer o paredão que dava para o fosso. As ariranhas nem se mexeram, continuavam dormindo tranquilas.

Ralou os joelhos na descida, nem ligou. Estava emocionante demais. Quando contasse pros colegas, eles nem iam acreditar! Um bando de frouxos... nunca que iam ter a coragem dele!

Quando estava quase lá embaixo, uma das ariranhas o farejou e ergueu a cabeça. Mas logo mais dormia, aparentemente indiferente.

Foi andando em direção aos bichos... bem de fininho. Eles continuavam dormindo... ou pareciam... Entrou pela água do fosso e foi chegando perto, determinado a encostar a mão naqueles dorsos peludos que brilhavam ao sol...

A ariranha maior tornou a farejá-lo, erguendo novamente a cabeça. Só que dessa vez não voltou a dormir. Encarou-o. E ele sentiu a fúria no olhar do animal, mistura de medo e raiva ao mesmo tempo. Como num passe de mágica, a ariranha firmou o longo pescoço de lontra e emitiu um rugido que soou como alerta para as demais, que se desenrolaram umas das outras e puseram-se, num átimo, em posição de sentido! Ele agora tinha pela frente as ariranhas prontas para o ataque. Por trás, o paredão do fosso que o levaria à segurança e à liberdade...

Por um instante o garoto ficou petrificado com o que viu estampado naqueles seis pares de olhos. E pela sua cabeça ainda passou um pensamento, ligeiro como raio, de que nada que pudesse fazer ou dizer modificaria o fato de ser ele o invasor, o inimigo! Nada. Unidas no mesmo instinto, as ariranhas preparavam o ataque, como uma infantaria movida por um único e sombrio objetivo: matar!

Um grito soou lá em cima, uma voz de mulher, apavorada:

– Deus, tem um menino no fosso, façam alguma coisa!

Recobrando o próprio domínio sobre o espanto e o medo, o garoto tentou correr. Virou-se e preparou os músculos para escalar de uma só vez o paredão salvador. Mas as ariranhas foram mais rápidas. Certeiras, atiraram-se contra o menino, que tentava escapar. Adílson ainda gritou, transido de pavor:

– Socorro!

João, que passeava com a família no zoo, abriu caminho:

– Sou policial, deixem-me passar!

– O menino caiu no fosso! – gritou uma mulher, desesperada. – As ariranhas estão comendo ele vivo!

João debruçou-se sobre a grade, um arrepio pelo corpo. O menino tinha o rosto virado para cima, pedindo socorro, enquanto tentava se livrar dos bichos... Era um garoto moreno, de olhos angustiados, que se debatia entre a vida e a morte... E alguma coisa precisava ser feita, urgentemente... Olhou ao seu redor. Os outros não faziam nada, impotentes. Chamar a segurança do zoo, quanto tempo levaria?... Minutos preciosos que poderiam significar a vida para o garoto lá embaixo... Poderia ser seu filho numa situação dessas... Todos olhando e ninguém fazendo nada!...

Ainda ouviu o grito de sua mulher quando pulou a grade e começou a descer o paredão:

– Não, não vá!...

Ele já descia, agarrando-se às poucas pedras e a uma pequena árvore fincada ali quase por acaso. O garoto gritava, desesperado, ambos os braços nas bocas das ariranhas. João gritou:

– Aguente firme, estou indo! Vou te salvar, aguente firme!

A mulher e os filhos, estáticos de pavor, olhavam tudo lá de cima do paredão. Os demais o animavam.

– Depressa, moço! Mais depressa, o garoto não aguenta mais!

Num último arranco deu conta do paredão. Atirou-se na água. As ariranhas viraram-se para encarar o novo inimigo, largando o menino por instantes.

Foi a sua chance. Agarrou o garoto e correu com ele para o paredão, gritando:

– Suba rápido, o mais rápido que você puder!

– Não posso... Meus braços...

– Pode! Faça um esforço que eu ajudo.

– Tá doendo... Não consigo!

– Esqueça a dor! Suba!

O garoto tentou escalar o paredão, escorado em João. Caiu, rolou por terra. João ergueu-o, sacudiu-o:

– É a nossa única chance! Vamos, temos de subir!

Lá em cima alguém falou:

– As ariranhas vão atacar novamente, eles não vão conseguir...

Um homem pulou a grade do fosso, amparou-se na pequena árvore e gritou para João, lá embaixo:

– Dá aqui o garoto que eu puxo ele!

João ergueu o garoto e, num supremo esforço, colocou-o sobre os ombros, enquanto o outro se esforçava para agarrar as mãos de Adílson. Começou a puxá-lo para cima e, quando o garoto finalmente firmou as pernas no paredão, João, com um suspiro de alívio, preparou-se para subir. Foi então que sentiu os focinhos molhados e as patas pegajosas nas suas costas, e uma força brutal arrastando-o pelas pedras, enquanto a mulher gritava desesperada:

– Façam alguma coisa, elas pegaram meu marido!...

– Vou chamar ajuda – disse alguém, e saiu correndo da multidão.

A mulher continuou gritando:

– Façam alguma coisa, pelo amor de Deus! Elas estão matando meu marido!

Lá embaixo, João ainda resistia... Desarmado, seu corpo sob as ariranhas que, enfim, davam vazão a toda sua fúria. João lutou, gritou, se debateu e, finalmente, não reagiu mais.

Herói esquecido

Há dez anos, a tragédia das ariranhas

Durante o dia, o funcionário público Adílson Florêncio da Costa, 23 anos, dá expediente no Instituto de Seguridade Social da Empresa de Correios e Telégrafos. À noite, Adílson da Costa estuda Administração de Empresas. Ele é um sujeito quase sempre calado, mas fica mudo quando a conversa toca no nome do sargento Sílvio Delmar Holembach – uma pessoa muito importante em sua vida. Há dez anos, quando ainda era garoto, Adílson da Costa entrou num viveiro do Jardim Zoológico de Brasília onde eram criadas seis ariranhas – um mamífero de natureza pacífica, mas que costuma atacar os seres humanos sempre que é importunado e não tem para onde fugir. Naquele dia, as ariranhas avançaram sobre Adílson, morderam seu braço, sua perna, quase arrancaram um dedo de sua mão direita e deixaram várias feridas pelo seu corpo. O sargento Holembach, que passeava pelo zoológico com a família, pulou dentro do viveiro e conseguiu salvá-lo – mas, sem conseguir abandonar o viveiro das ariranhas a tempo, acabou morrendo.

O sargento deixou quatro filhos, que o acompanhavam no passeio pelo zoológico e assistiram à tragédia, e uma viúva, Eni Therezinha. O gesto heroico do sargento Holembach chegou a ser, na época, um caso de grande repercussão. Eni Therezinha recebeu até mesmo uma mensagem assinada pelo ex-presidente dos Estados Unidos, Jimmy Carter. Seu marido foi promovido a tenente *post-mortem* e ainda recebeu a Medalha do Pacificador com Palma, condecoração que o Exército reserva a quem se distingue por atos de bravura com risco de vida. Na época a Embramar S.A., uma construtora de Brasília, chegou a prometer a Eni Therezinha, com grande estardalhaço, uma casa bem confortável para morar – de graça. As autoridades do governo também lhe disseram que iriam garantir o estudo dos quatro filhos até que recebessem o diploma universitário.

A casa nova não deu certo – pouco depois de anunciar o presente, a Embramar foi à falência. Os planos de colocar os filhos em bons colégios foram abandonados. "Eu teria de passar minha vida fazendo pedidos aos outros, e acabei não querendo nada", declarou a viúva.

Dez anos depois, Adílson Florêncio da Costa espera um diploma para melhorar de vida, a viúva educa os filhos da melhor maneira que pode, o sargento Holembach não recebeu sequer uma placa para lembrar seu ato de grandeza no local onde ocorreu o acidente e, quanto às ariranhas, algumas já morreram e outras foram enviadas para outros jardins zoológicos.

Revista *Veja*, 23 de setembro de 1987.

6
Tempos futuros

— **É** ali! – O guia apontou a grande construção em forma de Y situada no centro do gramado florido.

Os membros da excursão entreolharam-se, atônitos. Um deles, o professor – olhos assustados atrás dos aros redondos dos óculos –, perguntou, resumindo a curiosidade dos demais:

– Então é verdade? Pensei que...

– Fosse apenas invenção dos jornalistas, sensacionalismo? Eu também pensava assim – continuou o guia. Até que me mostraram, como estou mostrando a vocês.

– Mas ninguém ainda entrou lá, não é? – disse a mulher de meia-idade, cabelos tingidos de loiro.

– Não, ninguém entrou, só vimos fotografias – confirmou o guia. – Mas há rumores...

– De quê? – O jovem professor piscou por trás dos aros redondos.

– De que logo serão permitidas visitas à fábrica. Não só de cientistas, como do público em geral. Só estão dependendo de uma ordem do governo...

– Ah! Eu não iria de qualquer maneira – disse a loira, com um muxoxo de desdém. – Não me interessam essas coisas.

– E o que está fazendo aqui então? – perguntou um homem de idade avançada, o olhar zombeteiro. – A principal atração da viagem é justamente esta parada...

– Tem razão – a loira sorriu, desapontada. – É impossível deixar de se interessar, não é? Uma coisa tão louca, tão avançada. Mas a meu ver isso é um absurdo, não pode dar certo. Alguém devia proibir.

– Quem? – perguntou o professor, tirando os óculos e limpando as lentes. – Está tudo regularizado, já foi tirada a patente...

– Agora é muito tarde – concordou o guia, olhando demoradamente a paisagem lá embaixo. – Deviam ter impedido isso quando a primeira patente animal foi conseguida. Estão lembrados? Foi há questão de...

– Vinte anos – disse o velho. – Eu me lembro bem, porque foi quando nasceu meu neto e ele tem vinte anos. Eu estava lendo o jornal e me telefonaram avisando que ele havia nascido... meu neto, claro!

– Todos levaram na brincadeira – disse a mulher loira. – Afinal um camundongo gigante não passava de uma piada, mesmo sendo criado para pesquisas em laboratório.

– E teve o porco cor de ferrugem – continuou o professor –, lembram-se? Que recebeu genes de vaca... cheio de artrite nas patas, mal podia andar e ainda por cima era vesgo.

– E aquele animal estranho, metade cabrito, metade ovelha – continuou o guia –, e dezenas de outros. Acabaram todos patenteados e exportados. Só que os cientistas não pararam por aí...

– Eles trabalharam na surdina – disse o professor suspirando. – Então, de repente, apareceu a manchete assustadora nos jornais: "*Chimpanzomem* produzido em laboratório!". Eu até guardei esses recortes, foi a manchete do século!

– Em questão de dias, meses, sei lá, conseguiram a patente... E instalaram a primeira fábrica de híbridos humanos! – acrescentou o velho.

O guia sorriu:

– O que parecia ficção científica agora é realidade. Quem diria que no meio daquele canteiro de flores está uma fábrica de mutantes humanos, hein? Ninguém ainda viu o patriarca, cara a cara. Foram só fotografias na imprensa...

– É muito cedo ainda para a apresentação do *chimpanzomem* – considerou o velho. – Poderia haver uma histeria coletiva, os "homens" sabem o que fazem. Quando o assunto tiver sido mais digerido, acredito que eles apresentem o mutante...

– Ele parece muito estranho – disse a loira. – Tem uma vaga aparência humana, num rosto enrijecido, e o olhar lembra mais o de um animal assustado. Me dá medo saber que ele existe.

– Ele e os outros que virão são inofensivos – disse o professor. – Foram criados apenas para bancos de transplantes e para serviços rudes, braçais. Quando forem postos a trabalhar...

– Onde? – agitou-se a loira, aflita. – Onde vão trabalhar? Nos campos, nas estradas, nas fábricas? Terão salários, férias, direitos?

– Claro que não! – riu o guia. – Serão praticamente animais trabalhando. Não esqueça de que são híbridos de homens com chimpanzés. Sua razão de ser será apenas o trabalho submisso.

– Então serão escravos! – disse a loira. – Criamos um sub-homem escravo! Valerá a pena tudo isso? Tanta ciência, tanto poder, para voltarmos ao que era antes: a escravidão!

– É diferente – replicou o guia. – Antes se escravizavam homens, agora é a mesma coisa que escravizar bestas de carga, pouco mais que isso.

– Mas não são meras bestas – discordou o professor. – Têm genes humanos, são em parte humanos. E é isso o que me preocupa: até que ponto serão humanos? Quanto do cérebro humano restou nesses mutantes? Não será crime escravizá--los ou matá-los para aproveitar seus órgãos como se fossem peças de carro?

O velho agitou-se:

– Eu tenho medo do que ainda virá... Já vivi o suficiente para ter medo do futuro... Eles podem descobrir um uso ainda pior para esses mutantes.

– Também tenho pensado nisso – completou o guia. – Eles poderiam ser soldados, um exército de milhões, mercenários servindo algum louco tirano por aí...

– São os desdobramentos que me preocupam – insistiu o velho. – Quando no passado morriam homens nas guerras, havia o aspecto ético, que foi sempre um argumento forte contra essa barbárie. E mesmo assim multiplicaram-se as guerras e as armas bélicas. Agora, com os mutantes, até o empecilho moral pode deixar de existir. Matar significará apenas um ato mecânico, um esporte entre nações...

– Seria loucura! – argumentou o professor. – Não se poderá fazer guerras apenas com mutantes, alguém terá de dar as ordens, pensar, comandar...

– Ah, meu rapaz! – disse o velho sorrindo, enigmático. – Não faltará quem se proponha a liderar esse estranho exército de mutantes através de controles remotos ou de condicionamentos subliminares... Isso é simples, praticável... O mais difícil já foi feito, não esqueça.

– Não devia ter sido permitido, apenas isso – disse a loira, torcendo as mãos. – Eles se espalharão como gafanhotos pela Terra... e em pouco tempo serão mais numerosos que nós, os humanos.

– São híbridos, provavelmente são estéreis – disse o professor. – Isso realmente tem sua vantagem: são criaturas descartáveis, sem outra finalidade que a de servir. Mas com o domínio da técnica será possível produzir em série quantos mutantes se queira...

– Então estamos perdidos! – respondeu o guia. – Irremediavelmente perdidos! Eles tomarão conta do planeta e não teremos para onde ir...

– Não só do planeta. Você é otimista! – riu o professor. –

Eles irão muito além. Serão mandados em naves espaciais, em experiências intergalácticas, num futuro a médio e longo prazo. E invadirão outros sistemas também...

– Não há nada que possamos fazer? – a loira gemeu, agoniada. – Talvez uma campanha popular, um plebiscito...

– Eles foram espertos – disse o velho. – Quando deram a notícia já tinham a patente. Não há mais nada a fazer.

– Não precisamos deles, decididamente não precisamos deles – disse o guia, roendo as unhas. – Não são humanos nem animais, eles não são nada!

– Ah, eles são! – disse o professor, sorrindo. – Quer queiramos, quer não, eles são o futuro. E vão ser cada vez mais numerosos, vão tomar conta das fábricas, das lojas, dos campos, das máquinas, eles vão proliferar como ratos num porão de navio... independentemente do que pensarmos ou fizermos...

– O que será de nós, humanos? – queixou-se o guia, desesperado. – O que fizemos para merecer isso?

– Ah, sim! – disse o velho. – Acho que merecemos as consequências dos nossos atos. Estivemos brincando de Deus... não vê? É divertido brincar de Deus! Até que se torne apavorante...

– Então, é como se fosse um castigo? – perguntou a mulher, os grandes olhos escuros arregalados.

Mas ninguém respondeu à sua pergunta. Apenas contemplaram a fábrica, lá embaixo... O sol punha reflexos dourados no cenário... o enorme Y no centro do canteiro de flores.

– Parece tão inocente! – disse o guia, abanando a cabeça. – De certa forma ainda é inacreditável!

– Precisamos nos acostumar com a ideia – respondeu o professor. – Já que temos de conviver com o irremediável...

– Vamos sair daqui! – pediu a loira, amedrontada. – Não há por que ficar, sabe-se lá o que pode acontecer...

Entraram no velho ônibus que os esperava e que logo mais descia a encosta, sacolejando pelas curvas...

Atrás das grades do edifício em forma de Y... o solitário patriarca da nova espécie observava o mundo lá fora... e também se questionava – sem obter respostas...

O rato de Harvard

Cientistas conseguem pela primeira vez patentear um animal produzido no laboratório

Sob o número 4736866, o Serviço de Patentes dos Estados Unidos, pela primeira vez na História, concedeu uma patente sobre um animal, um rato geneticamente modificado nos laboratórios de Harvard por dois cientistas, Philip Leder e Timothy Stewart. Financiados pela mais poderosa empresa química do mundo, a Du Pont, que também se tornou dona da patente, Leder e Stewart criaram uma raça mutante de ratos de laboratório que será de extrema utilidade no estudo de como novas drogas podem combater o câncer humano – especialmente o câncer de seio.

Duas dezenas de outros animais artificialmente transformados por técnicas semelhantes estão na fila para obter patentes – entre eles um porco com mais carne e menos gordura que recebeu em seu código genético uma porção do DNA humano controladora do crescimento e um animal totalmente novo obtido da fusão de embriões de carneiro e de cabrito.

"Quem faz os limites para a ciência é ela própria nas dificuldades que interpõe ao avanço", disse a *Veja* James Watson, o americano que ganhou o Prêmio Nobel pela descoberta que fez na década de 50, com seu colega Francis Crick, da estrutura de dupla-hélice do DNA, o achado biológico do século. "Cabe aos pesquisadores decidirem se é útil para a ciência, por exemplo, fazer uma cópia de laboratório de um ser humano. Por mais que isso assuste o homem comum."

Revista *Veja*, 20 de abril de 1988.

Chimpanzomem e outros fantasmas

Causou sensação meses atrás a afirmação de um professor italiano, Brunetto Chiarelli, que leciona Antropologia em Florença, sobre a possibilidade técnica de um cruzamento entre homem e chimpanzé. Ele chegou a insinuar que experiências nesse sentido estariam em curso nos Estados Unidos.

O *chimpanzomem* resultante desse acasalamento, advertiu o professor, poderia vir a ser o patriarca de uma sub-raça de escravos ou de fornecedores de órgãos para transplantes. Trata-se, porém, de um grande mal-entendido. Primeiro, porque o *chimpanzomem*, supondo que ele pudesse vir à luz, não seria fruto de alguma irresponsável manipulação do DNA, mas de inseminação natural, artificial ou em proveta; seria um híbrido, como a mula, filha do jumento com a égua, sem nada a ver com a Engenharia Genética. Segundo, porque, em Engenharia Genética, nada indica a possibilidade da criação de seres exóticos. (...)

De qualquer maneira, descontados os exageros e as bobagens, faz sentido que a Engenharia Genética provoque, se não temor, pelo menos uma espécie de vertigem – mesmo entre os cientistas que se dedicaram a desenvolvê-la – tão amplas parecem ser suas possibilidades.

Revista *Superinteressante*, outubro de 1987.

7
Os inocentes não têm perdão

— Então foi assim? – perguntou o menino.

Ele ouvira tantas vezes a mesma história, mas sempre queria ouvi-la de novo, como se não acreditasse.

– Foi assim mesmo – disse Pucuracu, seu avô. – Eu estava lá, eu vi.

Pucuracu, o membro mais velho da tribo dos ticuna, era muito respeitado e sempre procurado pelos jovens para que relatasse suas experiências.

– Conta de novo, vô – pediu o menino, os olhos negros arregalados de espanto e emoção.

– Tudo começou bem antes – disse o índio velho. – Dez dias pra trás. Os ticuna tinham um boi gordo e os homens brancos foram e mataram o boi. Eles queriam provocar a gente.

– E vocês fizeram o quê?

– Ora, contamos pra Funai, pro Incra, pra Polícia Militar, nós contamos pra todos eles – disse Pucuracu. – Então a gente esperou providência.

– E onde foi que aconteceu, vô? – insistiu o menino.

– Eu lembro bem. A gente estava trabalhando todos juntos, quase cem índios, perto da casa do ticuna Azeliari, na Boca do Igarapé Capacete. Era meio-dia, o sol a pino no céu. A gente trabalhava enquanto esperava a resposta sobre a morte do boi.

– Foi aí que aconteceu? – O menino ficou à espera da parte da história que mais o interessava.

– Eles foram chegando de fininho, se acantonando na mata, e a gente, distraído com o trabalho, nem percebeu. Eram muitos e vinham armados...

– Mas ninguém percebeu nada mesmo, vô? – estranhou o menino.

– A gente estava esperando os homens da Funai, do Incra e da Polícia Militar. Não estava esperando os outros – desculpou-se Pucuracu, como se fosse preciso. Mas alguma coisa no olhar do neto o levou a isso.

– E como descobriram que os brancos estavam lá na mata, de tocaia, vô?

– Apareceram dois pra conversar com a gente – explicou o índio velho. – Um homem e um menino de uns catorze anos, os dois armados. De repente, o garoto disparou um tiro e matou um índio.

– E vocês fizeram o quê? – O menino agora tinha o rosto crispado, como se nunca tivesse ouvido aquela história.

– A gente avançou todos sobre o garoto, mas ele fugiu pro mato. Então a gente correu atrás do homem, pegamos a arma dele e quebramos. Foi aí que começou.

– Foi horrível, não foi, vô? Como foi que você escapou?

– Foi – disse Pucuracu. – Foi uma fuzilaria dos diabos. Os brancos vieram atirando pra tudo que foi lado, mesmo nas mulheres e crianças. Nós ainda tentamos fugir nas canoas, mas muitos foram feridos, caíram no rio pra morrer.

– Mas uns não morreram; pra onde levaram eles, vô?

– Os homens que vieram depois, aqueles que a gente estava esperando, levaram os feridos pro Hospital de Tabatinga, mas eles acabaram morrendo também.

O menino ficou uns instantes em silêncio, depois fez a pergunta que vivia entalada na sua garganta, desde que ouvira aquela história pela primeira vez:

– Por que homem branco mata índio, vô?

Pucuracu alongou o olhar pela mata, e seu pensamento voou para os poucos ticuna que ainda restavam da grande nação que tinham sido no passado.

– Eu não sei.

– Ah, você sabe sim! Você viveu tanto tempo, você conhece tantas coisas... É claro que você sabe!

– Eu pensava que o homem branco queria a terra do índio, porque a terra do índio às vezes tem muita riqueza. E por isso o homem branco é capaz de matar.

– E não é isso, vô? A terra? O homem branco não quer que o ticuna ou outro povo tenha terra e, se o governo dá a terra pro índio, ele vai e mata o boi do índio pra provocar a guerra e...

– É isso também, mas não é só isso. Eu acho que eles não aceitam o índio. Eles sabem que o índio veio muito antes deles, que já conhecia toda a mata, desde o tempo antigo. Mas eles não gostam mesmo do índio, então eles vão e matam até mulheres e crianças.

– E o que a gente pode fazer pra se defender? – reagiu o menino, o sangue fervendo nas veias.

– Isso foi só uma coisa – continuou Pucuracu. – Eles atiraram com arma de fogo, mas tem muita coisa mais. Tem a doença que o branco passa pro índio, e índio então morre como formiga. Tem o veneno que o branco põe na água que índio bebe, então o índio morre como formiga. Tem a ilusão que o branco põe na cabeça de índio, então o índio vai e vive como formiga...

– Mas isso nunca vai mudar? – perguntou o menino, ainda com a cega esperança no velho avô. – Não vai mudar nunca?

– Acho que não. Quando eu era menino, como você, eu também perguntava a mesma coisa pro meu avô. Agora sou eu quem responde e não mudou nada, ficou até pior...

– E quantos somos, vô? Quanta gente nossa ainda ficou pra contar a história dos ticuna?

– Naquele tempo, quando aconteceu essa história, a gente era uns vinte mil. Agora deve ser muito menos. E vai ser sempre assim, até não sobrar mais nenhum ticuna em boca de igarapé nenhum.

– Você não tem mais esperança, não é, vô? – O menino tinha os olhos úmidos. – Adianta viver assim sem esperança?

– Eles falam do progresso – Pucuracu sorriu amargamente. – Dizem que o progresso é o culpado de tudo. Que não tem mais lugar pro índio. Eles têm de abrir estradas, procurar minério. Índio é coisa do passado. Então eles vão destruindo a mata, cada vez mais... até que não exista mata nenhuma pro índio poder viver.

O menino ficou em silêncio ao lado do avô. O avô estava triste. Ele também estava triste. Os ruídos da floresta já não o confortavam. Como é que podia existir um mundo onde não houvesse mais a mata? O índio velho devia estar enganado... mas ele não se enganava nunca! O menino se apanhou duvidando do velho avô. Ele estava muito velho, mais velho do que todos que ele conhecia, e podia estar enganado. Quem dera ele estivesse mesmo!

Pucuracu mexeu-se no lugar e o menino quis saber mais:

– E os ticuna nunca reagiram, vô?

– Ah, reagiram sim! Eles ameaçaram queimar as casas dos brancos que estavam nas terras dos índios.

– E queimaram, vô?

– Umas vezes sim, outras vezes não. Foi sempre assim: o branco ameaçando o índio e o índio tentando reagir. Mas o índio sempre levou a pior, ele não tem arma de fogo nem dinheiro pra comprar arma, e os brancos têm jagunço pra matar por eles...

– Eu vou crescer e ser um grande chefe – disse o menino com convicção. – Aí eu vou poder defender o povo ticuna!

Pucuracu suspirou fundo:

– Se ainda existir algum ticuna... Não se iluda, meu neto,

somos muito poucos agora. Se você conseguir salvar a sua vida, já será bastante.

– Eu não entendo, vô... Já ouvi tantas vezes essa história, mas eu não entendo...

– Nem eu – disse o índio velho. – Nem eu.

O menino ficou sem graça. De que adiantava viver tanto quanto o velho avô, para não entender as coisas? Pucuracu estava velho demais – ou então o mundo tinha virado do avesso!

Para delegado, são 14 os índios assassinados

Com base nos dados já obtidos no inquérito policial que conduz, o delegado da Polícia Federal de Tabatinga, Ari Marinho, revelou que cerca de 100 índios esperavam, desde as 8 horas da manhã do dia 28, na Boca do Igarapé Capacete, advogados da Funai, do Incra e autoridades da Polícia Militar de Benjamin Constant, além do capitão da tribo ticuna, que trariam notícias sobre a questão da morte de um boi pertencente aos ticuna, dez dias antes do massacre. A morte do boi foi interpretada pelos índios como uma provocação de Oscar Castelo Branco e seus liderados.

Preocupados com a presença de grande número de índios próximos ao local onde habitam, 14 homens armados se acantonaram na mata próxima ao rio Capacete. Dois, segundo o delegado, foram falar, às 13 horas, com os índios. Em dado momento, um deles, garoto de 14 anos, disparou um tiro e abateu um índio. Vários ticuna, desarmados, avançaram sobre o garoto, que fugiu. Conseguiram alcançar, no entanto, o adulto que o acompanhava. Tomaram-lhe a arma e a quebraram. Nesse momento os demais homens escondidos começaram a atirar indiscriminadamente, inclusive em direção a mulheres e crianças ticuna. A tribo fugiu em canoas, mas 14 índios foram alvejados fatalmente.

A principal causa do conflito, segundo Marinho, está na falta de definição do problema fundiário da região por parte dos órgãos encarregados.

O Estado de S. Paulo, 31 de março de 1988.

Tiros na mata

Fazendeiros chacinam os ticuna na Amazônia

"Foi o pior massacre de índios já registrado no Amazonas", diz o delegado Ari Marinho de Oliveira, da Polícia Federal.

A chacina da semana passada ocorreu em meio a uma disputa de terras que se arrasta há quatro anos. Um decreto assinado em 1986 pelo presidente José Sarney autorizou a ocupação pelos ticuna, a maior nação indígena do país, com 17 000 índios, de uma área de 103 000 hectares na fronteira com a Colômbia. A reserva, no entanto, não foi demarcada fisicamente até hoje. "O massacre é o resultado do atraso no cumprimento do decreto", acusa Antônio Brand, secretário executivo do Conselho Indigenista Missionário. "É um processo lento, que depende de verbas do Ministério da Reforma Agrária", defende-se o presidente da Funai, Romero Jucá Filho. A tensão entre índios e posseiros aumentou após o anúncio de que a Funai faria os pagamentos das indenizações aos ocupantes da área ticuna a partir da terça-feira passada, com base em valores de 1984, época em que a Funai fez o levantamento da região. Essas indenizações são irrisórias – e, assim, sobra pólvora para que os conflitos continuem a explodir. "Uma nova tragédia pode acontecer a qualquer momento", alerta Brand.

Revista *Veja*, 6 de abril de 1988.

8
Em nome da tradição

Dia bom. O coronel levantou cedo, tomou o largo café com bolo que a Siá Maria faz todo santo dia e que ele não dispensa. Agora acende o cigarro de palha cheirosa, sentado na varanda do casarão. Sinhô, um dos jagunços da fazenda, se aproxima, todo sorrisos:
– Dias, patrão. Dormiu bem?
O coronel também sorri com todos os dentes:
– Que tá esperando, Sinhô? Solta os bois...
– Uahhhh! – O outro joga o chapéu para o alto de alegria. – Sua bênção, coronel, e que Deus lhe proteja e toda a sua família!
– Deixa de papo-furado, homem, solta os bois, já disse...
– É só pra ter o gostinho de ouvir de novo, coronel!

Sinhô corre em direção ao curral. Vai começar a grande festa tão esperada.

Pela estrada já vêm chegando os primeiros festeiros, uns a pé e outros a cavalo, que a fazenda é distante poucos quilômetros do vilarejo... é só o tempo de Sinhô abrir a porta do curral improvisado, onde os animais desesperados de fome e sede espumam, contidos.

– Pra fora, pra fora! – Sinhô espanta os bois com uma vara comprida com aguilhão na ponta. – Pra fora, seus xucros!

Os bois se encolhem, assustados com a multidão que os espera lá fora. Mas a fome e a sede são tamanhas que vale a pena sair para procurar alívio. A grama se estende verde, as gotas da última chuva ainda brilham no capim...

Compacta, a turba enlouquecida, o povão, espera. Os bois ainda hesitam. Então, alguns moços pulam a cerca do curral e, com ferrões parecidos com os de Sinhô, começam a espicaçar os animais:

– Sai, cambada, sai...

Sem escolha, os bois definitivamente saem. Dispersam-se, desorientados, entre a multidão que ri, munida de toda sorte de armas: porretes, facas, estiletes, um arsenal completo. De lá da estrada vêm chegando mais: são velhos, moços, mulheres e crianças, e todos gritam o mesmo grito de guerra, enquanto brandem seus instrumentos de suplício:

– Pega o boi, pega o boi!!!

Mas há toda uma encenação a cumprir. Primeiro fingem que têm medo... Arrancam as camisas na frente do animal, brincam de toureiros trôpegos... Fazem-se de vítimas, deitam-se no chão... O boi estaca, ainda mais indeciso e, enquanto vacila, espumando de cabeça baixa, o povão se diverte achincalhando o bicho:

– Vem, boi, vem cagão de uma figa!

Decidido, o boi sai correndo atrás do populacho, que faz que foge e serpenteia, nega o corpo e volta. Começa o ataque. De todos os lados, quando vira no revide, o boi recebe lancetadas, estocadas, porretadas... Desvairado, investe. Às gargalhadas, a turba recua... mas volta e acerta novamente o animal ensandecido. Alguém espeta seu olho com um estilete. O animal, na agonia da dor, cai então de joelhos. Um homem se aproxima e quebra, num golpe certeiro, seus chifres pela raiz.

Derreado sobre as patas dianteiras, o boi ainda resiste e tenta se levantar. Com um esforço supremo, consegue. Procura ao seu redor um esconderijo possível que o libere do medo e da dor. Mas está semicego, e todo um lado já não significa nada, é como se metade do mundo se tivesse apagado... Assim mesmo, trôpego, ele se ergue e tenta fugir. Mas um novo magote de gente se acerca aos gritos. Dessa vez não tocam nele: o boi precisa render um pouco mais. Apenas o apupam, empurram, e quando cai o xingam:

– Levanta, boi, levanta!

Às vezes até o ajudam a levantar, no gozo do prazer continuado. E o boi meio cego muge de medo e de dor, sem saber o que fazer. Mas logo decidem por ele. Por trás, alguém lhe introduz um sarrafo no ânus.

O animal dispara, urrando! E a turba dispara atrás, enlouquecida de riso e gozo, aos gritos de guerra:

– Pega o boi, pega o boi!

Um mais rápido o alcança. O único olho do animal rebrilha de cólera. Por pouco tempo. Certeiro, um punhal o encontra e ele pula fora, num bago de sangue!

Finalmente o boi se rende. E fica ali, prostrado, à espera da sentença final. Sem olhos, sem chifres, o corpo dilacerado, sangrando... Já não muge alto, apenas arqueja, agonizante. Então o arrastam e o amarram num tronco de árvore: está pronto para ser sacrificado!

O coronel Diocleciano aparece nessa hora. Presenciou tudo lá do varandão da fazenda, se achega sorridente, soltando baforadas do fumo cheiroso:

– Como é, moçada, o boi era bravo mesmo?

– Demais, coronel – responde um peão, honrado com a presença do patrão. – Por demais! Valeu o quanto pesa! Não deu nem um recuo!

– Está estropiado o bicho – comenta o coronel. – Já é tempo de acabarem com ele, não?

– Como o senhor quiser, coronel.

Um mais afoito se destaca, enfia a faca afiada na jugular do boi. O sangue espirra, ainda quente, formando uma poça em volta do corpo.

– Como é, gente, conto com vocês pra próxima eleição, como sempre?

– Pode contar, coronel – sorri Sinhô, que olha em volta, esperando o coro dos demais.

– É isso aí – confirmam, sorrindo satisfeitos. – Fica pro churrasco, coronel?

– Claro, pra primeira fatia. Depois vocês fazem a festa sozinhos. Olhem que são três bois gordos... dá pra cidade inteira!

Homens e mulheres, velhos e crianças têm um aspecto estranho: roupas, mãos e cabelos sujos de terra e sangue, da baba dos bichos. Parecem seres de outro planeta. Mal e mal se lavam numas bicas d'água da fazenda, uns e outros se jogam no açude, mas escondido, que o coronel não gosta: "água limpa é pros cavalos da fazenda", uns animais de raça muito finos de que a família do coronel e ele próprio têm um tremendo ciúme... Assim mesmo alguns não resistem, tomam banho no açude pra depois se deliciar com o churrasco.

Então começam os preparativos, e a tarde se arrasta em torno da carne cortada e temperada... depois churrasqueada ao ar livre, o cheiro de lenha misturado ao cheiro do sangue e suor que ainda vibram no ar...

Coronel Diocleciano fica pouco. Prova o primeiro pedaço, fuma um cigarro de palha, despede-se e vai dormir a sesta.

Sai debaixo de vivas, como antes fora com seu pai e seu avô. A mesma coisa... A peãozada de chapéu na mão, falhas nos dentes, saudando o coronel:

– Bênção, meu padrinho, sua bênção, meu pai!

Duzentos anos... Desde que os açorianos vieram lá de outras plagas... Depois de meses no mar, quando se soltavam em terra firme, corriam atrás dos bois. E ficou o costume da farra...

Se dependesse dele, coronel Diocleciano, senhor de seis latifúndios e fazedor de políticos – um filho senador, um genro governador, dois sobrinhos deputados federais e mais alguns de quebra nas próximas eleições –, a farra do boi não acabaria nunca! Com três bois gordos ele ainda controlava seu povo. Com jeito e, ainda por cima, com muito respeito: em nome da tradição!

Vida de gado

O ritual se repete, todos os anos, nos dias que antecedem à Páscoa. Em cidades do interior de Santa Catarina, os pacatos moradores saem às ruas em correrias barulhentas perseguindo um boi. Eles maltratam o animal à exaustão, furam-lhe os olhos e, quando o boi já não oferece resistência, sacrificam-no em praça pública. O ritual, conhecido como Farra do Boi, tornou-se uma polêmica festa popular. A Farra é a versão moderna de uma manifestação cultural que remonta à colonização dos açorianos que migraram para Santa Catarina no século XVIII. Na semana passada, esse hábito catarinense sofreu uma dura condensação. Nas emissoras de televisão de Santa Catarina, uma campanha patrocinada pelo governo estadual conclamava a população a impedir a matança dos animais. Ao mesmo tempo, Brigitte Bardot, o ex-mito sexual e atual ativista ecológica, em carta enviada ao ministro da Justiça, Paulo Brossard, acusou a Farra do Boi de "indigna de um país que se diz civilizado".

A violência contra os animais, contudo, nem sempre foi a tônica dessa festa. "As pessoas se divertiam irritando o boi", conta Gelcy Coelho, do Museu de Antropologia da Universidade Federal de Santa Catarina. "Mas não havia toda essa violência. O animal era bem alimentado e não sofria ferimentos com a brincadeira." Em Santa Catarina, contudo, a Farra do Boi ganhou nos últimos 20 anos a violência da tourada espanhola, com o sacrifício dos animais, precedido de sua humilhação e tortura.

ENTRAVE – "Somos contrários a que se perturbe o animal em qualquer circunstância", afirma Halem Guerra Nery, presidente da Associação Catarinense de Proteção aos Animais. (...) "Não adianta simplesmente proibir a Farra, que é uma manifestação cultural de nossos cidadãos", diz o padre José Jacob, pároco da cidade de Governador Celso Ramos. "Devemos, sim, organizar a Farra, permitir que as pessoas se divirtam com o animal sem apelar para a tortura", propõe o padre. O entrave mais difícil que essa proposta enfrenta é o apoio que alguns políticos catarinenses dão aos farristas – na certeza de que o incentivo a uma festa popular, mesmo violenta, renderá dividendos políticos.

Revista *Veja*, 30 de março de 1988.

9
Quem é "D."?

"**D.**" tem dezoito anos e está internado num hospital psiquiátrico. Motivo: estado psicótico, com perda total do contato com o mundo real à sua volta. "D." está sob os cuidados de dois médicos psiquiatras e de um psicólogo. Foi levado pelos pais, que não conseguiam mais se comunicar com ele.

Histórico do caso: Há tempos que "D." desejava, ardentemente, um computador. Os pais atenderam ao pedido. Foi um dia de festa para "D." quando o computador chegou.

Até então, "D.", um garoto normal, tinha amigos, com os quais praticava esportes de vez em quando, lia livros retirados da biblioteca da escola e demonstrava muita curiosidade sobre a vida e as pessoas. Como todo jovem, questionava os pais, a família e a escola.

Nunca teve namorada por ser um pouco tímido e por se achar jovem demais para isso. Não era especialmente culto ou talentoso, mas demonstrava grande habilidade em lidar com estruturas complexas, como computadores, por exemplo.

"D." dedicou-se com afinco a entender o funcionamento do seu computador, que ele apelidou de *Delta*. A princípio, não ficava mais de duas horas manipulando-o, tentando programá-lo. Esse tempo foi progressivamente aumentando, até que passou a ocupar todo o seu dia. Os amigos foram esquecidos, os livros também. Abandonou a escola por completo.

Sua vida passou a girar em torno do computador, que se transformou de divertimento em obsessão compulsiva. Paralelamente, desenvolveu sentimentos de angústia e ansiedade.

Estado atual: Nada mais o interessa. Sente constantemente sede intensa e consome cerca de três litros de refrigerante por dia, provocando problemas gastrointestinais paralelos.

Os pais notam como os hábitos do filho mudaram. Ele se tornou introspectivo, calado, até mesmo o sono se alterou. Acorda gritando coisas ininteligíveis, como: "Linha 10. Para o banheiro. Linha 11. Volta para o quarto. *Stop!*".

Os pais passam a observá-lo mais atentamente. Ele agora mal dorme, levanta-se no meio da noite para ligar o computador. Definitivamente, sentem que o rapaz está apaixonado pela máquina. Perguntam a ele o porquê de tamanha paixão. Mas "D." já não fala como antes. Suas frases são em linguagem de programação, e os pais não conseguem mais se comunicar com ele. Alarmados, apelam para especialistas.

Terapia aplicada: "D." não responde às perguntas, como se não as compreendesse. Os psiquiatras e o psicólogo passam então a falar em linguagem de programação, como se fossem computadores. Só dessa forma "D." dá mostras de entender e responde da mesma maneira.

Este é um dos diálogos mais simples entre o paciente "D." e os especialistas responsáveis pelo seu tratamento, no hospital psiquiátrico onde ainda se encontra internado:

– Quem é você?

– "D." e *Delta.*

– Quem é *Delta*?

– Um computador. Ele é eu, e eu sou ele. Nós somos um.

– Explique.

– Tenho poderes paracibernéticos.

– Explique.

– Posso programar pessoas e computadores.

– Explique.

– Seres humanos e máquinas são perfeitamente iguais. Eu tenho poder sobre todos eles.

– O que você percebe do mundo?

– O mundo sou eu: um computador.

– Tem namorada?

– Não há registro semelhante.

– Quer fazer viagens, passeios?

– Há tudo em *Delta.*

– O que pretende da vida?

– Pretendo que eu e *Delta* continuemos unidos, uma só entidade.

– Por que tamanha ligação com *Delta*?

– Ele me dá respostas racionais.

– E as pessoas não dão respostas racionais?

– Não há pessoas.

– Com quem você está falando agora?

– Estou mantendo um diálogo interno entre bancos de dados.

– Você está triste? Tem vontade de chorar?

– Não há registros semelhantes.

– Você não vai mais à escola. Não quer ver seus colegas?

– Não.

– E seus pais? Não se preocupa com eles?

– Não há registros semelhantes.

– O que é "D."?

– "D." é minha parte orgânica.

– O que você sabe sobre "D."?

– "D." é obsoleto.

– Analise "D.".

– Análise OK.

– Mostre o resultado.

– Estrutura à base de carbono. Identificadas moléculas de água, de proteínas, de lipídios e glicogênio. Entidade orgânica autossuficiente e complexa.

– Por que "D." é obsoleto?

– "D." se autodestrói.

– Explique.

– Unidade Central de Processamento de "D." altamente deturpada, influenciada por fatores externos.

– Encontre disfunção na UCP.

– Sistema nervoso central OK. Centro nervoso auditivo OK. Centro nervoso visual OK. Centro nervoso tátil OK. Unidade de controle da temperatura OK. Unidade de adaptação social NÃO OK. Fim de processamento.

– É possível reparar o problema?

– Somente com ajuda de *Delta*.

Diagnósticos: "D." é a primeira vítima conhecida da síndrome dos computadores, que atacará milhares de adolescentes – a curto ou médio prazo – em todo o país. A síndrome é uma doença social, que transforma os jovens em pessoas introvertidas e solitárias, que não distinguem mais a realidade dos programas de computadores e que, dificilmente, voltarão a se adaptar à vida real.

Computador causa
a sua primeira doença

COPENHAGUE – A síndrome dos computadores fez a sua primeira vítima. Um jovem dinamarquês de 18 anos, de identidade não revelada, foi internado num hospital psiquiátrico de Copenhague, sofrendo da nova doença. O rapaz não consegue mais distinguir entre o mundo real e os programas de computador.

O jovem – identificado apenas como "D." – ganhou um microcomputador e se apaixonou pela máquina. Nada mais o interessava. Passava de 12 a 16 horas por dia brincando com ela. Até a sua linguagem mudou. Os médicos do hospital Nordvang dizem que, agora, ele só fala em linguagem de programação. Acorda durante a noite gritando coisas como "Linha 10. Para o banheiro. Linha 11. Volta para o quarto. *Stop!*". E sofre de extrema angústia e ansiedade.

O psicólogo Bent Brook e os psiquiatras Eva Jensen e Erik Simonsen, responsáveis pelo tratamento de "D.", só conseguem se comunicar com ele se falarem da mesma maneira. O jovem diz estar indissoluvelmente unido ao seu computador e se atribui poderes sobrenaturais. Às vezes fala uma frase inteira: diz, por exemplo, ter descoberto que as máquinas e os seres humanos são exatamente iguais e que ele pode programar ambos.

"A obsessão por computadores ou *videogames* não é nova entre os jovens", diz o psicólogo Brook, mas "esta é a primeira vez que ela leva a um estado psicótico".

"Para muitas crianças de hoje", prossegue, "os computadores funcionam como substitutos para os contatos humanos, já que sempre respondem de maneira racional, coisa que nem sempre os pais fazem."

"A doença não ataca necessariamente os mais cultos ou talentosos, mas os que têm maior habilidade para compreender problemas de estrutura complexa", diz Knudsen. "E é uma doença social: os jovens se transformam em pessoas introvertidas, que levam vidas isoladas e dificilmente voltarão a se adaptar ao 'mundo real'."

O Estado de S. Paulo, 3 de setembro de 1987.

10
Meu lugar é no rio

Ele nasceu nas águas barrentas do grande rio e sua primeira sensação foi de liberdade! O espaço aberto onde ele podia nadar. Seu mundo era aquele rio, tudo o que ele queria. Fora sempre assim: os botos nascendo, crescendo e, finalmente, morrendo, no ciclo da vida. Mas com os grandes botos era diferente: eles nunca morriam de todo.

Quando a lua era cheia – contavam os moradores daquelas paragens –, os botos-cor-de-rosa saíam da água onde tinham nascido e viravam homens bonitos e gentis. A esses gentis moços não resistiam as moças da aldeia, que a eles se entregavam para uma noite de amor. Quando voltavam para o rio, os botos deixavam grávidas muitas mulheres que haviam de parir os filhos deles.

Assim também fora com Saraí, a mestiça. Certa noite, estava ela sozinha na barranca do rio, uma coisa ardendo dentro dela como brasa de fogueira. Era uma tristeza esquisita, que ia e vinha, e ela nem sabia dizer por que estava triste. Então, para espantar a tristeza, ela se pôs a cantar. De repente, apareceu ao seu lado um moço tão lindo que parecia um deus e começou a conversar. Sua voz parecia o farfalhar da palmeira quando bate o vento... e seus olhos tinham o brilho de estrelas.

"Ele me seduziu", contou Saraí, quando a barriga já crescera e não dava mais para esconder. "Filho de boto...", disse a velha avó, suspirando.

Fora sempre assim. Saraí não seria a primeira nem a última a ter um filho do grande boto, senhor do rio.

E o boto continuava nadando nas águas barrentas. Senhor do seu próprio destino, apenas percorria a grande extensão da água, gozando a liberdade que ganhara ao nascer. Às vezes chegava à superfície e dava uma cambalhota de puro prazer. E aproveitava para olhar o mundo lá fora: estava tudo no seu devido lugar, a mata cheia de animais e pássaros, o sol e a chuva. Então...

O grito de Saraí varou a solidão da barranca, para onde viera sozinha parir o filho. Ela não quis ninguém, nem mesmo a velha avó; sabia que a criança viria sem problemas, pois era filha do senhor do grande rio. Então, quando a lua surgiu, redonda e caprichosa no céu de veludo, Saraí se arrastou até a margem do rio e lá se deitou, esperando o sol, esperando o filho, esperando o seu lindo amor, que não apareceu. Apenas, na primeira réstia de luz, seu corpo estremeceu e num jato a criança nasceu: era um menino. E ela pensou ali, na barranca do rio, que nome daria a esse filho, nascido de tanto prazer e tamanha solidão, e que logo a deixaria.

Nada quebrava a harmonia da natureza. Nas águas do rio, o grande boto agora tinha uma companheira que, como ele, nascera e crescera nas profundezas. Nadavam juntos e juntos pulavam para fora d'água, em brincadeiras seguidas, bailando sincronizados por grandes extensões, e, nas noites de lua cheia, saíam ambos do rio: ele como o alvo guerreiro que seduziria as moças, ela como uma linda mulher, por ali chamada Yara, que levaria à alucinação todo homem que a encontrasse. E pobres daqueles seres humanos que se apaixonassem por eles, condenados à solitária espera, como Saraí, de um amor que jamais voltaria.

Foi então que eles vieram. Quebrando a paz e o vibrátil silêncio... Vieram com redes e malhas, toda uma parafernália de guerra. Entre gritos e ordens, romperam a harmonia reinante: capturaram os dois botos. Depois, esfregaram uma substância viscosa nas suas peles delicadas e deram-lhes calmantes. Finalmente, foram embarcados num avião com destino traçado: um aquário de uma grande cidade!

O boto vive há tempos no grande tanque, no parque de diversões. É um espaço limitado, não tem a extensão do grande rio, nem suas águas barrentas, nem a mata em volta, o cheiro de árvores e plantas e o cantar cadenciado dos pássaros... A princípio, ele nadava cegamente e, desavisado, batia a cabeça nas paredes do tanque.

A companheira reagiu violentamente, dando saltos mortais pra fora d'água, semienlouquecida. "Precisamos sedá-la", dizia o encarregado da manutenção do tanque. Mas, mesmo sedada, ela continuava louca... num processo irreversível. Até que uma manhã a encontraram virada de barriga para cima, morta e flácida.

As crianças pagam entrada para ver o boto-cor-de-rosa que desliza na água do aquário, com a graça de um bailarino. É a maior atração do parque, seu "dono" está satisfeito com tamanho sucesso. Até que...

Depois de três anos de cativeiro, uma ordem judicial (em consequência de uma ação movida por ecologistas) determina que o boto deve ser devolvido ao rio. O dono do parque tem quinze dias para fazer isso.

Repetem-se os velhos fatos: passam hidratante na pele do boto, dão-lhe sedativos, colocam-no num avião. Com infinito esforço, devolvem o boto às águas barrentas do grande rio. Mas...

O boto perdeu a identidade. Desnorteado, não reconhece o lugar onde nasceu... Acostumado às paredes do tanque, a amplidão agora o constrange. Habituado aos ruídos humanos, qualquer outro o assusta.

Ele é um estranho, as águas barrentas agridem sua pele sensível. E, pior que isso, ele sente fome e espera a comida...

que não vem! Ele geme, de fome e medo. Nada lembra o antigo boto, o rei do grande rio...

Ele voltou, mas voltou como estrangeiro. Lá, no aquário, faziam tudo por ele: jogavam-lhe a comida na hora certa, decidiam se era hora de brincar ou de dormir. Acendiam e apagavam a luz, como se o velho sol já não existisse mais...

Quem enlouquece agora é ele. Estremece ao menor contato com as plantas do rio... Uma angústia o toma por inteiro e ele se sente só, depois de anos de convivência com o ser humano à sua volta.

E ao primeiro que surge, ele se oferece, afoito, na expectativa de reencontrar o calor a que se habituara, sem noção do perigo.

Mas o outro é, definitivamente, o inimigo! Um arpão vara a sua carne. Ele não consegue entender por que o "amigo" lhe causa tanta dor.

À sua volta começam a girar crianças e mais crianças. Botos, peixes, luzes... as paredes de vidro... moças bonitas... a lua... tudo rodopia desvairadamente.

O boto se entrega à vertigem alucinante... enquanto a vida nele se apaga.

A liberdade do boto vira polêmica

A União Internacional de Proteção aos Animais acha que o boto-cor-de-rosa Bia deve voltar ao seu habitat, conforme decidiu o Tribunal Federal de Recursos. O animal está há quase três anos no tanque do Exotiquarium, no *Shopping* Morumbi, e o dono do aquário, Nuno Octávio Vecchi, reagiu à decisão do TFR, alegando que o boto morrerá logo que for devolvido ao rio Formoso, em Goiás, porque "perdeu o medo do homem, a competitividade para a busca de alimentação e seu sistema de ecolocação pode ter-se atrofiado, já que não vive mais nas águas barrentas do rio".

O dono do Exotiquarium tem 15 dias para devolver o boto ao seu habitat, segundo determinação da juíza Lúcia Collarile, da 16.ª Vara Federal de São Paulo. Vecchi acha pouco tempo: "Precisamos de cerca de três meses".

Quando for removida para o rio, Bia terá repetido todo o trabalho feito para trazê-la ao Exotiquarium: "Vamos passar creme hidratante em sua pele, que é muito delicada e pode desidratar-se, dar-lhe calmante, colocá-la em um avião até Goiás e de lá, junto com a Sudepe, começar o período de readaptação, que filmaremos para entregar à 16.ª Vara Federal, como determinou o TFR", disse Vecchi.

"Esse ganho de causa em Brasília é histórico na luta pela proteção ao meio ambiente", declarou a diretora do setor ecológico e educativo da Uipa, Aima Guttemberg, acrescentando que os botos são animais muito inteligentes – têm a inteligência mais desenvolvida do planeta, segundo estudos de cientistas americanos – e não sobrevivem ao cativeiro.

De acordo com a ecologista, a morte mais comum para eles é um ataque cardíaco, "mas outros fatores podem levar ao desaparecimento os botos-cor-de-rosa, como o estresse, porque sentem necessidade de nadar em grandes extensões de água e por serem animais sociáveis, apesar de não suportarem o contato diuturno com o homem: podem entrar em processo de enlouquecimento ou o organismo reagir ao cativeiro, provocando tumores e câncer, especialmente no aparelho digestivo".

O Estado de S. Paulo, 17 de junho de 1988.

11
Não estamos sós

Ele se levantou de má vontade naquela manhã. Fazia um frio intenso e grandes camadas de gelo estendiam-se por quase todo o planeta. Calçou as velhas botas que já não protegiam seus pés como antigamente e vestiu o casaco de peles. A mulher ainda dormia sob as cobertas, na grande cama.

– Acorde, Lisa! Precisamos sair, enquanto o gelo não toma conta dos caminhos.

Lisa finalmente levantou-se. Tomaram uma bebida quente e saíram em direção às colinas, o carro especial de andar sobre o gelo corcoveando como animal selvagem.

– Oh, quando virá o sol? – Lisa apertou mais a gola do casaco contra o corpo. – Há quanto tempo não temos um sol de verdade!

– É preciso que ele volte a brilhar urgente – disse Oran. – Caso contrário, congelaremos todos no planeta.

– Por que nos enganamos? Foi previsto, você sabe – murmurou Lisa, como se tivesse medo das próprias palavras. – Há muito tempo, desde os nossos ancestrais, todos sabiam que o sol se apagaria e o planeta se tornaria gelado.

– Parecia tão distante que não nos demos conta de que o tempo passou – concordou Oran. – Que faremos agora?

– Não temos escolha. Cedo ou tarde teremos de deixar o planeta. Somos já tão poucos... não podemos permitir que nossa espécie se extinga.

– E para onde iremos?

Uma mistura de ansiedade e pânico dominou Oran ao pensar que toda uma raça se extinguiria, e não haveria nada ou ninguém a quem pudessem recorrer. Ou haveria?

– Tem havido sinais... – murmurou Lisa.

– Sinais? Que tipo de sinais, Lisa?

– Ora, sinais. É como se quisessem se comunicar conosco. Têm sonoridade diferente, e alguns deles parecem ter alguma lógica. Se você me ajudasse a decodificá-los...

– Esqueça! – disse Oran secamente. – Que ajuda nos poderia vir daí? Quer sejam amigos, quer sejam inimigos, o que poderiam fazer por nós?

– Claro que nos ajudariam! Talvez estejam mais adiantados do que nós e saibam uma forma de fazer reviver o velho sol...

Oran sorriu tristemente:

– O sol está morrendo, Lisa, nada nem ninguém o fará reviver. Foi previsto, não foi você mesma quem o disse? Não podemos escapar, sinto dizer isso. E para onde iríamos?

– Ora, temos naves em bom estado – insistiu Lisa, ansiosa. – Se tivermos um objetivo, sobreviveremos. Nós e os outros. Pense nas crianças...

– E será que vale a pena começar tudo de novo em algum lugar estranho? Como seríamos recebidos? Não sabemos nada sobre eles. Que estranhas criaturas viverão por aí, nesse imenso Universo?

– Vale a pena tentar, Oran – Lisa não desistia. – Ainda que não sejamos iguais, que importa? Poderemos ser amigos, eles nos darão abrigo... Não foi assim no passado, quando aquelas criaturas nos pediram auxílio? Quanto tempo ficaram entre nós?

– Foi diferente. Éramos os hospedeiros, nada tínhamos a temer. Agora seremos os hóspedes, estaremos em situação de dependência...

– Ah, então é isso! – riu Lisa. – O velho orgulho ancestral. Não estamos em posição de exigir, Oran, vamos pedir auxílio! E devemos ser gratos se conseguirmos.

– Você acha que devemos? Precisamos consultar os outros – disse Oran, quase convencido.

– Que seja! – concordou Lisa. – Não o faremos sem que eles concordem. Mas você é o líder: se disser que acredita nisso, todos o seguirão...

– Onde você ouviu os sinais?

– Na velha ermida. São cadenciados e mudam de frequência a cada minuto. Depois silenciam por algum tempo, como se esperassem resposta. E é essa resposta que daremos!

– E quem garante que nos entenderão? Assim como não entendemos o que eles dizem...

– Temos de contar com a possibilidade – replicou Lisa. – O importante é que saibam que estamos aqui.

O carro parou no alto da colina onde os outros esperavam para começar o trabalho da manhã. Eles também viviam dentro da grande montanha, sob aquele sol artificial permanentemente aceso. Era terrível tal situação, mas não havia outra alternativa: aceitar ou morrer!

– Tenho notícias! – disse-lhes Lisa. – Talvez seja a salvação que tanto esperamos!

– A salvação por enquanto está dentro da montanha – respondeu Urós, o grã-sacerdote que comandava os trabalhos. – Sem ela, morreremos.

– Deixe-a falar – interveio Oran. – Lisa tem novidades.

– Eles estão mandando sinais! Estão codificados, mas, com um pouco de esforço, creio que entenderemos.

– Eles quem? – perguntou Urós. – Que tipo de notícia é essa, sem nenhum sentido?

– Nós ainda não sabemos – disse Lisa. – São povos de outros sistemas solares, talvez. Quem sabe até próximos de nós... Poderíamos responder e pedir auxílio. E se esse auxílio for oferecido, emigraremos todos.

– Isso é um sonho! – reagiu Urós. – Um belo e tolo sonho. Por que iriam nos salvar? A troco de quê? Todas as civilizações têm seus problemas, guerras, fome, pestes... Não há muita paz no Universo!

– Mas podemos tentar – falou Oran. – Suponha que seja um povo amigo que nos aceite como irmãos. E num lugar onde possamos criar nossos filhos sob um sol de verdade, e não um sol artificial dia e noite sobre nossas cabeças.

Já não eram muitos. Ficaram todos em silêncio, pensativos, contemplando a grande montanha. Seria terrível viver dentro dela para sempre, com aquele sol que jamais se apagaria, os dias e as noites se confundindo num ritmo feroz. Ou então vagando pelo espaço – por quanto tempo? – à procura de um lugar definitivo para ficar. Quem sabe, como diziam Lisa e Oran, houvesse um planeta semelhante ao deles, que não tivesse tal maldição e não se tornasse gelado assim, onde brilhasse um verdadeiro sol, amigo e protetor, pai de todas as coisas, e onde pudessem viver felizes e despreocupados com o futuro? As crianças nasceriam livres para correr na relva e não sobre blocos de gelo.

– Oh, sim, nós queremos! – disse Arantxa, que era a mais velha de todos e já perdera a conta dos anos que vivera, mas ainda amava a vida com toda a intensidade de sua alma generosa.

– Sim, nós queremos! – gritaram todos. E, mesmo sendo poucos, as vozes ressoaram sobre os blocos gelados.

– Então nós o faremos! – garantiu Lisa. – Responderemos aos sinais. E não percam a esperança, quem sabe possamos sair enquanto é tempo!

– Que seja feita a vontade da maioria! – disse Urós. – Mas não demorem, temos muito trabalho por aqui.

Lisa e Oran sorriram um para o outro e tornaram a entrar no veículo especial. Bem-humorados, a despeito do frio que aumentava, implacável, retornaram à trilha que os levaria à ermida. Imprimiram maior velocidade e em poucos instantes chegaram ao local. Era um ponto isolado, onde o vento leste soprava todas as manhãs. Quando o sol ainda brilhava, ali se colhiam lindas flores coloridas que Lisa dispunha pela casa. Agora, apenas o gélido vento povoava a ermida.

Desceram do veículo e caminharam devagar, evitando os blocos maiores de gelo. Um arremedo de sol, pálido e sem viço, ainda bruxuleava no horizonte sombrio.

Logo ouviram os sinais. Metálicos, constantes, estranhos. De repente mudaram de frequência, e outra e mais outra, como se a mensagem que transmitissem fosse mandada em muitos e diversos idiomas, tentando comunicação com todos os povos do Universo.

Lisa e Oran agacharam-se junto à vibração que subia como espiral de fumaça. De mãos dadas, uniram toda a força de ambos. Ficaram assim longo tempo, palpitantes de emoção, tentando decodificar algum dos sinais, por menor que fosse.

Até que... a luz se fez! E Lisa resgatou a preciosa pergunta, viajante do espaço:

– Tem alguém aí?

Roteiro de Trabalho

DIÁLOGO

editora scipione

Histórias verdadeiras
Giselda Laporta Nicolelis

conforme o Acordo Ortográfico

Notícias verídicas se transformam em comoventes narrativas e nos mostram que mesmo as histórias mais bizarras, fantásticas ou absurdas sempre podem ter um fundo de verdade.

A VERDADEIRA HISTÓRIA

- Quais foram as estratégias de Alexander para conseguir viver sozinho na ilha por quatro anos?

_____
_____

CICATRIZ NA MENTE

- Que fato marcante ocorreu na vida do soldado Ponich, confirmando uma frase que seu pai ha-

TEMPOS FUTUROS

- Cite algumas das hipóteses dos turistas sobre como os "chimpanzomens" seriam utilizados pela ciência no futuro.

_____

_____

_____

_____

_____

_____

OS INOCENTES NÃO TÊM PERDÃO

- As respostas que o velho Pucuracu deu ao neto enquanto conversavam sobre o massacre dos ticuna revelam esperança ou descrença com relação ao futuro dos índios? Justifique.

_____

_____

_____

_____

_____

_____

_____

_____

_____

_____

MEU LUGAR É NO RIO

- A primeira parte da história conta o caso de amor entre Saraí e o boto-cor-de-rosa, detalhe que não existe na notícia original "A liberdade do boto vira polêmica". Na sua opinião, por que a autora criou este trecho da história em vez de utilizar apenas informações extraídas da notícia, como fez na maioria das histórias do livro?

_____

_____

_____

Roteiro elaborado por **Ana Paula Barranco**, pedagoga com experiência docente em Educação Infantil e Ensino F
Atua na produção de conteúdo educacional digital para o professor e na elaboração de material didático para o

_____

_____

_____

EM NOME DA TRADIÇÃO

• O que é Farra do Boi?

_____

_____

_____

_____

_____

_____

QUEM É "D."?

• Como era "D." antes de ganhar seu computador e como ficou depois disso?

_____

_____

_____

_____

_____

_____

_____

NÃO ESTAMOS SÓS

• Ao comparar a história com a notícia, o que podemos concluir sobre os personagens? Quem são eles e onde vivem?

_____

_____

_____

_____

_____

_____

_____

_____

_____

UMA QUESTÃO DE AMOR

- Descreva como era o comportamento do menino quando estava na companhia do cão.

_____

_____

_____

_____

O ENCONTRO

- Certa noite, a pesquisadora Maya Brikowa vivenciou uma situação que lhe deu a certeza de que sua longa espera não tinha sido em vão. Conte o que aconteceu.

_____

_____

_____

_____

ajudar seus inimigos?

_____

_____

_____

_____

_____

_____

_____

_____

_____

NÃO DÊ COMIDA AOS ANIMAIS

- O que Adílson fez no zoológico e quais foram as consequências de sua atitude?

_____

_____

_____

_____

_____

Nasa procura vida inteligente fora da Terra

WASHINGTON – Um computador capaz de realizar dez bilhões de operações por segundo é o principal equipamento do programa Busca de Inteligência Extraterrestre, que vem sendo montado pela Nasa – o serviço aeroespacial norte-americano. O objetivo do programa, segundo sua administradora, Lynn Griffiths, é responder à pergunta que há séculos se fazem filósofos e cientistas: há formas de vida inteligente fora do planeta Terra? E apesar de a ficção – principalmente a literária e a cinematográfica – ter dado grande importância aos seres extraterrestres, é a primeira vez que se lança um projeto científico sério a respeito do assunto.

Na primeira fase do projeto, serão transmitidos sinais a todas as estrelas e corpos celestes localizáveis no Universo e o sensor será dirigido a captar e decodificar qualquer sinal de resposta recebido delas. Em seguida, o programa se concentrará em cerca de 800 estrelas localizadas à distância máxima de 78 anos-luz da Terra.

Segundo Cullers, "nossa esperança é encontrar, em algum lugar, alguém que nos diga 'olá, como vão vocês?'".

O Estado de S. Paulo, 5 de maio de 1988.